KB010828

서문문고
3

고독한 산책자의 몽상

장 자크 루소 지음
방 곤 옮김

※ 고독한 산책자의 몽상

차 례

고독한 산책자의 몽상

제1의 산책

이와 같이 나는 지상에서 홀로 있게 되었다. 이제는 형제도 이웃도 친구도 그리고 나 이외에는 교제하는 사회도 없다. 가장 사교적이며 가장 정다운 인간인데도, 인간들 사이에서 만장일치로 내쫓김을 당한 것이다. 사람들은 극도의 증오심을 가지고, 어떠한 고통이 감수성 강한 나의 영혼에 가장 잔혹할 수 있을까를 연구한 나머지, 내가 그들에게 연결되어 있던 모든 기반을 무자비하게 끊어버렸다.

인간들이 어떻든간에 나는 그들을 사랑했을 것이다. 인간이기를 단념하지 않는 한 그들이 나의 애정에서 벗어날 수는 없었다.

그런데 이제 그들은 나에게 있어서 이방인들, 생면부지의 사람들, 요컨대 아무것도 아닌 존재가 되었다. 그들이 그러기를 원했기 때문이다. 그런데 그들에게서, 모든 것에서 동떨어진 나 자신은 대체 무엇인가? 그것이 나에게 남겨진 과제이다.

불행히도 그 탐구를 하기 전에 먼저 나의 입장을 한번 훑어보아야만 한다. 그것은 그들에게서부터 나에게 다다르기까지 내가 거치는 데 필요한 관념인 것이다.

15년, 또는 그보다 더 이전부터 나는 그처럼 괴상한 입장에 있다. 그것이 나에게는 아직도 꿈과 같은 생각이 든다. 나는 항상 생각한다. 소화불량 때문에 내가 고생을 하는 것이겠지. 거북한 잠자리에서 잠을 자는 격이겠지. 그러니까 내가 잠에서 깨어날 때면 괴로움은 사라질 것이며, 또다시 친구들과 어울릴 것이라고…… 그렇다. 아마도 나는 나도 모르게 각성에서 수면으로, 차라리 삶에서 죽음으로 뛰어들어야만 한다. 어떻게 된 셈인지 나도 모르게 만물의 질서로부터 끌려나와서 이해할 수 없는 혼탁의 세계로 전락해 가는 나 자신을 보는데, 거기에서 나는 아무것도 볼 수 없다. 그리고 내가 나의 현재의 입장을 생각하면 할수록 나는 내가 어디에 있는지를 알 수 없게 된다.

아니다! 어떻게 내가 나를 기다리고 있던 운명을 알 수 있었겠는가? 어떻게 그 운명에 사로잡혀 있는 오늘날에조차 그것을 납득할 수 있단 말인가? 나의 양식의 범위 안에서 다음과 같은 것을 상상할 수 있었을까? 즉, 지금과 다름 바 없는 그때의 내가 장차 에누리 없이 괴물로서 또 독살자로서 알려지고 그렇게 취급될 줄이야…… 인류의 공포, 천민의 장난감이 되리라고, 길 가는 사람이 하는 인사가 내 얼굴에 침뱉는 결과가 되리라고, 한 세대 전체가 나를 생매장시키는 데 의기투합해서 재미있어 하리라고 어떻게 상상할 수 있었으랴? 그렇게 괴상한 변동을 뜻밖에 당면한 나는 처음에는 까무러칠 뻔했다. 나의 초조감과 분노가 나로 하여금 정신 착란 상태에 빠뜨려, 그것이 가라앉기에는 10년이란 세월이 흘렀다. 그리고 그동안에 오류에 오류를 거듭하고 과오에 과오를 거듭하며 어리석은 짓에 어리석은 짓을 거듭한 나는 조심성 없게도 나의 운명을 좌우하는 자에게 편의를 제공하고, 그들은 그것을 교묘하게 이용하여 나의 운명을 영원히 결정해 버리려고 했던 것이다.

오랫동안 나는 억세게, 그러면서도 헛되이 투쟁을 했다. 재간이나 기교도 없이, 속임수도 모르고, 조심성 없이 솔직하게 개방적으로, 참을성 없이 격하기 쉬운 나는 보채면 보챌수록 속박이 강해지고 또 나의 모든 노력이 허사라는 것을 깨닫고, 아무 실속 없이 괴로워했다. 그래서 나에게 남겨진 유일한 길을 택하여 운명에 복종하고 필연적인 것에 대해서는 더이상 반항하지 않기로 했다. 그 체념 속에서 나는 나의 모든 불행에 대한 보상을 찾아냈다. 그것은 체념이 나에게 가져다 준 평온의 덕분이었으며, 보람 없는 수고에 불과한 저항에 따르는 끊임없는 노력은 그 평온과는 일치될 수 없는 것이다.

또 한 가지 일이 그 평온에 기여한 바 있다. 나의 적
들은 그들의 증오를 온통 가다듬어 가면서, 그 왕성한
의욕 때문에 한 가지 방법을 저버렸다. 그것은 효과를
점차로 증대시키듯, 나의 고통이 끊임없이 계속되도록
항상 새로운 고통을 준비시키고 새로운 공격을 가한다
는 사실이었다. 만약 그들이 능란하게 어떤 희망의 빛
을 나에게 남겨 주었더라면, 그들은 아직도 나를 거기
에 매어 있도록 했을 것이다. 어떤 속임수를 가지고 아
직도 나를 그들의 놀림감으로 만들 수 있었을 것이며,
그 다음에는 나의 기대를 어긋나게 함으로써 줄곧 새로
운 괴로움을 가지고 나를 비통하게 만들 수 있었을 것
이다. 그러나 그들은 이미 그들의 모든 밑천을 탕진해
버렸다. 나에게 아무것도 남겨 놓지 않으려고 하다가
그들 자신도 할 일을 다 잃고 만 것이다. 그들이 나에
게 뒤집어씌우는 중상·모함·조롱·누명은 완화되지는
않을망정 더 심해질 우려는 없다. 그들은 더 심한 짓을
할 수도 없고, 나도 그들에게서 아주 벗어날 수 없으니
우리들은 양쪽 다 처치곤란인 것이다. 그들은 나를 비
참의 극치로 몰아 넣으려고 지나치게 서둘렀기 때문에,
인간의 모든 능력은 악마와 같은 온갖 농간의 힘을 빌
리더라도 더이상 덧붙일 길은 없어졌을 것이다. 육체적

고통이더라도 그것은 나의 고통을 증가시키기는커녕 기분 전환을 시켜주는 결과가 될 것이다. 나로 하여금 아우성을 치게 할지도 모르지만 그 고통은 나를 비탄에서 벗어나게 해줄 것이고, 나의 육체적 상처는 정신적인 상처를 중단시킬 것이다.

모든 일이 다 터지고 말았을 바에야, 더이상 내가 그들을 두려워할 게 어디 있단 말이냐? 나의 처지를 더이상 악화시킬 수 없는 이상 그들은 나에게 경계심을 갖게 할 수 없다. 불안과 공포라는 고통에서 그들은 나를 해방시켜 주었다. 어쨌든 그것은 홀가분한 일이다. 현실적인 고통은 나에게 있어서는 대수로운 일이 아니다. 현재 내가 느끼고 있는 고통에 대해서는 나는 쉽사리 체념한다.

하지만 나는 앞으로 생길지도 모를 두려운 일에 대해서는 그렇지 못하다. 겁을 집어먹은 나의 상상력은 그 고통들을 얽히게 하고 뒤집어보고 펴보고 과장시킨다. 그것을 기다리는 것은 그것과 마주쳤을 때보다 백 배나 더 나를 주리튼다. 나에게 있어서는 공격보다 위협이 더 무섭다. 고통이 생기자마자 야기된 사실은 고통이 가지고 있는 상상적인 것을 온통 벗겨 버리고 그것의 진가를 드러내준다. 그렇게 되면 내가 생각했던 것보다는 훨씬 작은 것임을 나는 발견한다.

그러니 괴로움의 도가니 속에서도 나는 홀가분한 기분이 될 수가 없다. 그러한 상태에서는 새로운 두려움에서 벗어나고 기대에서 생기는 불안에서 해방되어 습관만으로 더이상 나빠질 수 없는 환경은 나날이 내가 참아 나갈 수 있게 되는 것이다. 그리고 시간과 더불어 나의 감정이 뒤범벅이 됨에 따라서, 아무리 하더라도 그 감정을 생생하게 만들 수는 없다. 증오의 화살을 생각 없이 송두리째 써버림으로써, 내 적들이 나에게 베푼 선행이 거기에 있었던 것이다. 그들은 나에 대한 모든 위력을 잃었다. 그래서 이제부터 나는 그들을 멸시할 수 있다.

완전한 평온이 나의 마음속에 다시 깃든 지 아직 두 달이 못 된다. 오래 전부터 나는 아무것도 두려운 것이 없었지만 나는 희망을 가지고 있었다. 그런데 그 희망이 어떤 때는 위로를 받고, 어떤 때는 사라지곤 하면서 수많은 온갖 정열이 끊임없이 나를 동요시키곤 했었다. 슬프고도 예기치 못했던 어떤 사건이 마침내 나의 마음에서 그 힘없는 희망의 빛을 지워 버렸고, 나로 하여금 이 세상에서의 나의 운명이 영원히 결정되었다는 것을 보도록 해주었다.

그때부터 나는 모든 것을 단념하고 마음의 평화를 다시 찾았다.

음모의 전모를 내가 엿보게 되자, 곧 내가 살아 있는 동안에 대중을 나의 편으로 끌어오겠다는 생각을 영원히 잃어버렸다. 비록 돌아온다 해도 그것은 이미 상대적인 것이 되지 못하기 때문에 앞으로 나에게는 전혀 무익할 것이었다. 사람들이 아무리 나에게로 돌아오더라도 그들은 다시는 나를 되찾지 못할 것이다. 그들이 나에게 불어넣어 준 멸시를 품은 채 그들과 교제한다는 것은 나로서는 김빠진 일이고 부담이 될 것이다. 그것은 내가 그들과 더불어 살면서 느낄 행복감보다는 고독 속에서도 그것의 백 배는 더 행복할 것이니 말이다. 그들은 사람들과의 교제에서 생기는 모든 흐뭇한 감정을 내 마음에서 앗아가 버렸다. 내 또래의 나이에 있어서 그러한 흐뭇한 감정을 또다시 싹트게 할 수는 없을 것이다. 너무 늦었다. 이제부터는 그들이 나에게 착한 짓을 하건 고통을 주건간에, 나에게는 전혀 무의미한 일이다. 뿐만 아니라, 무슨 짓을 한다 해도 나와 동시대인들은 나에게 있어서 결코 아무것도 아니다.

그런데도 나는 미래에 기대를 걸고 있었다. 그리고 사람들은 보다 나은 시대가 오면, 현대가 내게 하고 있는 평가와 나에 대해서 취하고 있는 행동을 충분히 검토함으로써 현대를 지도하고 있는 사람들의 농간을 거뜬히 밝혀낼 것이며, 마침내는 나를 있는 그대로 보아 주게 될

것이다. 바로 이런 희망이 나로 하여금 ≪대화(對話)≫
를 쓰게 했으며, 그것을 후세에 전하기 위하여 온갖 노력
을 하도록 나에게 암시해 주었다.

이 희망은 비록 요원한 것이기는 하지만, 내가 아직
이 세기에서 옳은 마음을 가진 사람을 찾고 있었을 때
와 똑같은 초조감 가운데 나의 영혼을 붙들었으며, 덧
없이 먼 시대에 걸었던 그 희망도 역시 나를 오늘날 인
간들의 노리개로 만들고 있었던 것이다. 나는 ≪대화≫
속에서 그러한 기대의 근거에 대하여 언급했다. 나는
옳지 못했었다. 다행히도 일찍이 그것을 감지했기 때문
에 죽을 때가 되기 전에 나는 충분한 안심과 완전한 휴
식을 취할 수 있었다. 그 시기는 내가 언급하고 있던
당시에 시작되었는데, 그것은 앞으로 중단 없이 계속될
것으로 믿어도 괜찮다고 생각한다.

최근에 와서야 겨우 나는 새롭게 반성함으로써 비록
다른 시대가 온다고 하더라도 세상 사람의 번의를 기대
한다는 것이 얼마나 어리석은 일인가를 확신하게 되었
다. 왜냐하면 세상 사람들은 나에 관한 문제에 있어서
는 나를 미워하게 된 집단 속에 끊임없이 새로 나타나
는 지도자들에 의해서 통솔되어지기 때문이다.

개인은 죽어도 집단은 멸망하지 않는다. 거기에는 동
일한 정열이 영원히 흐르고, 그들의 강력한 증오는 그

증오를 불어넣어 주는 악마와도 같이 불멸하므로 항상 여일(如一)한 활동력을 갖는다. 나의 개인적인 적이 전부 죽어버리더라도 의사들이나 오라트와르 회원들은 여전히 살아 있을 것이다. 또 나의 적이 그 두 집단에 한정되어 있다 하더라도 그들은 내가 살아 있는 동안 나라는 인간에게 평화를 누릴 여지를 남겨 주지 않았던 것처럼, 내가 죽은 다음의 추억에도 평화를 남겨 주지 않을 것이 분명하다. 아마도 시간이 흐름에 따라 실지로 내가 모욕을 주었던 의사들은 마음을 풀지도 모른다. 그러나 내가 사랑했으며 존경했고, 또 전적으로 신뢰했었기 때문에, 결코 내가 모욕한 일이 없는 그 오라트와르 회원들, 교역자나 수도사나 마찬가지인 그들은 영원히 용서할 수 없는 적이 될 것이다. 그들 자신의 부정을 가지고 나의 죄를 빚어 만들고, 그들의 자존심은 결코 나를 용서할 리가 없다. 또 그들의 공작으로 끊임없이 경의를 갖고 또 자극당하고 있는 세상 사람들도 그들과 마찬가지로 조용해질 리가 없다.

나로서는 지상에서의 모든 것은 끝났다. 이제 사람들은 선한 일이고 악한 일이고간에 더이상 나에게 할래야 할 수 없게 되었다. 이제는 이 세상에 내가 바란다거나 두려워할 일이라고는 조금도 없다. 그리고 나는 그 심연의 바닥에서 평안히, 불운하고 가엾은 인간이면서도 마치 신처럼 요지부동이다.

나의 외부에 있는 모든 것은 이제부터는 나에게 있어서 낯선 존재다. 이 세상에서는 이제 나에게는 이웃도 동료도 형제도 없다. 나는 내가 살고 있던 유성에서 떨어져 유성에 있는 것처럼 이 지상에 있는 것이다. 비록 내 주위에서 그 무엇을 인식한다 하더라도, 그것들은 내 마음에 있어서는 슬프고도 비통한 물건들에 불과하며, 또 내 몸에 닿거나 나를 에워싸고 있는 것에 시선을 던질 때는 반드시 거기에 나를 분격시키는 경멸감이나, 또는 내 마음을 슬프게 만드는 고통감을 항상 발견하게 마련이다. 그러니 부질없이 내가 마음을 쓰는 괴로운 일들을 모조리 나의 정신으로부터 멀리 하도록 하자. 나의 마음속 외에선 위안도 희망도 평화도 발견할 수 없으므로, 나의 여생을 홀로 보내며 나는 나에 관해서만 마음을 써야 하며 또한 그러고 싶다. 바로 그러한 상태에서 나는 옛날의 내가 《참회록》이라고 불렀던, 엄혹하고도 진지한 검토를 계속할 수 있는 것이다. 나는 나의 최후의 나날을 나 자신을 연구하기에, 그리고 머지않아 내놓아야 할 보고서를 미리 준비하는 데 바치겠다. 나의 영혼과 말을 주고받는 달콤한 일에 몰두하자. 왜냐하면 그 달콤한 일이야말로 인간들이 나에게서 박탈해 갈 수 없는 유일한 것이기 때문이다. 자신의 내

적 경향에 대해서 반성을 거듭함으로써 그것을 보다 나
은 방향으로 전환하고, 아직 남아 있을지도 모르는 일
을 고칠 수 있다면 나의 명상은 전혀 무익하지 않을 것
이다. 또 비록 지상에서는 내가 아무 소용이 없다손치
더라도, 나는 나의 만년을 전혀 허송하지는 않는 결과
가 될 것이다. 나날의 산책에서 흐뭇한 생각이 충만하
는 일이 흔히 있었는데, 그 생각에 대한 기억을 상실한
것이 유감스럽다. 다시 무슨 생각이 떠오르기만 한다면
나는 그것을 적어 놓아야겠다. 그것을 되풀이해서 읽을
때마다 나는 기쁨을 도로 찾을 것이다. 나는 나의 불행
을 잊고 나의 적을 잊을 것이며 나의 수치를 잊을 것이
다. 그럼으로써 나는 나의 마음에 합당한 보상을 생각
할 것이다.

　이 수기는 정확히 말해서 나의 몽상(夢想)의 단편적
인 일기에 불과하다. 여기서는 나에 대한 것이 다분히
문제가 될 것이다. 왜냐하면 반성하는 한, 고독한 자는
필연적으로 자기 자신의 일에 몰두하게 마련이기 때문
이다. 게다가 산책을 하면서 나의 머리를 스쳐 지나가
는 여러 가지 외부의 관념들도 역시 여기에 지면을 차
지하게 될 것이다. 나는 내가 생각한 바를 머릿속에 떠
오른 그대로 그리고 전날밤의 생각이 그 이튿날의 생각
과 대개는 연관을 갖지 않듯이 아무 연결 없이 얘기할

것이다. 그러나 거기에서 언제나 나의 천성과 기질에
대한 새로운 인식이 지금 내가 처해 있는 괴상한 상태
에서 나의 정신의 일상적인 양식이 되어 있는 감정과
사상의 인식과 더불어 나타나는 결과가 될 것이다. 그
러므로 이 수기들은 마치 ≪참회록≫의 부록처럼 보일
수도 있겠지만 나는 이것에 그러한 제목을 붙이지는 않
겠다. 그 제목에 어울리는 것이라고는 이제 하나도 없
다고 생각하기 때문이다. 나의 마음은 역경이라는 분석
로(分析爐)로 정화되어, 아무리 더듬어 보아도 좋지 않
은 경향의 몇 가지 찌꺼기를 겨우 볼 수 있을 따름이
다. 지상의 모든 애착을 마음속에서 빼앗긴 내가 더이
상 무엇을 고백할 것이 있단 말인가? 나는 칭찬받을 일
도 없지만 비난받을 일도 없다. 이제부터 나는 인간들
사이에서 없는 것이나 마찬가지다. 그들과는 현실적인
관계, 진실한 교제가 이루어지지 못하기 때문에 나는
그럴 수밖에는 없다. 아무리 선을 행하여도 그것은 악
으로 변해 버리고, 아무리 행동해 보아도 그것은 타인
또는 나 자신에 해가 될 뿐이므로 아무것도 안하고 있
는 것이 나의 의무가 되어 버렸다. 그래서 나는 되도록
나의 의무를 완수하고 있는 것이다. 그러나 나의 부동
상태에서도 나의 영혼은 아직 살아 있어서 그것은 여전
히 감정이나 사상을 만들어 내고, 영혼의 내부의 도덕

적 생활은 이 세상의 일시적인 모든 이해 관계의 청산
으로 말미암아 더욱 싱싱해진 것 같다. 나의 육체는 나
에게 있어서 하나의 방해물에 불과하며, 하나의 장애물
이다. 따라서 앞으로 나는 되도록 육체로부터 벗어나기
를 원한다.

　이렇게 기묘한 경우는 분명히 검토되고 기록될 가치
가 있다. 그래서 나는 바로 이 검토에 나의 여생의 시
간을 비치고 있다. 그것을 성공으로 이끌기 위해서는
적당한 순서와 방법이 동원되어야 할 것이다. 그러나
그런 일은 나로서는 불가능할 뿐만 아니라 그것은 나의
영혼의 변화와 그 경로를 명백히 하려는 나의 목적에서
멀어지는 결과가 된다. 나는 물리학자가 그날그날의 기
상 개황을 알기 위하여 대기에 대해서 행하는 실험을
어떤 의미에서 나 자신에게 행할 것이다. 나는 나의 영
혼에 대해서 바로미터를 사용할 것이다. 그리고 이러한
실험이 잘 진행되고 오랫동안 반복되면 그것은 물리학
자의 실험과 마찬가지로 정확한 결과를 보여줄 수 있을
것이다. 그러나 나는 나의 계획을 거기에까지 확대시키
지는 않는다. 실험 기록을 작성하는 데 만족할 뿐, 그것
을 체계화하려는 노력은 하지 않겠다. 나는 몽테뉴와
같은 계획을 세우고 있지만 그 목적은 그 사람의 목적
과는 반대다. 왜냐하면 그는 그의 ≪수상록≫을 타인을

위해서만 썼음에 반해, 나는 오직 나를 위해서 나의
≪몽상≫을 쓰고 있으니 말이다. 만약 내가 더 나이를
먹고 이 세상을 하직할 때가 가까워지게 되면 내가 그
러기를 바라듯이 현재와 같은 심정이라면 그것을 읽는
다는 것은, 내가 그것을 썼을 때 맛본 흐뭇함을 상기시
켜 줄 것이고, 지나간 시절을 내 마음에 되살려 줌으로
써, 말하자면 나의 존재를 이중(二重)으로 만들어 줄
것이다. 사람들에게는 안됐지만 나는 여전히 사교의 매
력을 맛볼 수 있을 것이고, 그리고 내가 마치 나보다
어린 친구들과 살듯이, 늙은 나는 나와 연대가 다른 나
하고 살 수 있을 것이다.

　나는 나의 ≪참회록≫과 나의 ≪대화≫를 가능하다면
그것을 후세에 남기기 위하여, 나의 적의 탐욕스러운
손에서 벗어날 방법이 없을까 하는 끊임없는 근심을 하
면서 써내려갔다. 이번의 저술에 대해서는 그때와 같은
조바심은 안 했다. 걱정을 해도 소용없다는 것을 나는
알고 있기 때문이다. 그리고 사람들에게 보다 잘 인정
받고자 하는 욕망은 나의 마음에서 소멸되어 버렸기 때
문에 나의 진짜 저술이라든가 나의 결백의 기념이 될
만한 것—그것들은 아마도 이미 폐기되어 버렸겠지만—
의 운명에 대해서는 완전한 무관심이 남았을 뿐이다.
내가 하고 있는 일을 누가 살펴보고 있거나, 이 수기를

불안하게 여기거나, 빼앗아 버리거나, 말소시키거나, 위작을 하거나, 그 모든 일들은 앞으로 나로서는 아무래도 좋다. 나는 이것들을 숨기지도 않을 것이고 보이지도 않을 것이다. 비록 내 살아 생전에 그것을 누가 빼앗아 간다고 해도, 그것을 썼다는 기쁨이나 내용에 대한 기억, 그것이 태어나게 된 계기와 그 근원은 나의 영혼이 남아 있는 한 말라 버리지 않을 고독한 인간의 명상을 나에게서 빼앗아 갈 수는 없을 것이다.

만약 나의 재난의 초기부터 내가 운명에 거역하지 않을 수 있었다면, 그리고 오늘날과 같은 태도를 취할 수 있었다면 사람들의 온갖 노력도, 그 무서운 온갖 간책도 나에게는 아무런 효과가 없었을 것이다. 또 어떠한 음모를 꾸몄더라도 그들은 도저히 나의 마음의 평화를 교란시키지는 못했을 것이다. 이제부터는 아무리 성공하더라도 그들은 그럴 수 없다. 그들이 멋대로 나의 수치를 즐겨도 좋다. 안된 일이지만 그들은 내가 나의 결백함을 누리고 평화로운 나날을 끝마치는 것을 방해하지는 못할 것이다.

제2의 산책

그런데 여태까지 한 인간이 결코 발견할 수 없었던 가장 괴이한 입장에 있는 내 영혼의 일상적인 상태를 묘사하겠다는 계획을 짠 일이 있었던 나는 그 계획을 실행하기 위한 보다 간단하고 확실한 방법이란, 나의 고독한 산책과 머릿속에 아무 생각을 담지 않고 나의 상념이 아무 저항도 구속도 없이 되는대로 방임할 때 산책하면서 품은 몽상을 충실하게 기록하는 것밖에는 없다고 생각했다. 그러한 고독과 명상의 시간이야말로 하루 중에 내가 완전히 내 자신이고 나 자신의 것이며 한눈을 팔 새도 없고 아무 장애물도 없이, 그리고 자연이 바랐던 것으로 정말 내가 될 수 있는 그러한 유일한 시간인 것이다. 이윽고 나는 그 계획을 실행에 옮기기에 너무 늦었다는 것을 깨달았다. 이미 전보다 둔해진 나의 상상력은 상상에 자극을 주는 사물을 아무리 열심히 들여다보아도 예전처럼 그렇게 불타오르지도 않게 되었고 몽상의 착란에 도취되는 것도 덜해졌다.

이제는 몽상에서 생기는 것이란 창조가 아니라 추억이다. 미적지근한 쇠약이 나의 모든 기능을 마비시킨다.

나의 생명력은 나의 내부에서 점차로 꺼져가고 있다. 나의 영혼은 노쇠한 외각에서 가까스로 밖으로 뛰쳐나올 수 있을 뿐이다. 그리고 나는 그것에 대한 권리가 있다고 느끼고 있었기 때문에 내가 갈망했던 그 희망이 없었던들 나는 단지 기억에 의해서 존재하는 것에 불과했다. 그래서 내가 몸의 쇠약을 느끼기 이전의 나 자신을 숙고하기 위해서는, 적어도 몇 년 전으로 거슬러 올라가서, 이 세상에서 희망을 잃고 지상에서는 내 마음을 채울 수가 없어져서, 점차로 나 자신의 자양으로 내 마음을 기르고, 나 자신의 내부에 있는 모든 양분을 구하는 습관이 생긴 그 시절을 생각할 필요가 있다.

그러한 구원의 길이 내 앞에 나타나게 된 것이 너무 늦기는 했지만, 그것은 이윽고 나에게 모든 것을 보상해 주는 데 충분하리만큼 풍부한 것이었다. 나 자신 속에 파묻히려는 습관은 마침내 나로 하여금 나의 불행에 대한 감정과 그 기억까지도 거의 잊게 해주었다. 이와 같이 나는 나 자신의 경험에 의해서 참된 행복의 근원은 우리들 내부에 있으므로 행복하고자 원할 수 있는 자를 정말로 불행하게 만드는 것은 다른 사람의 손에 달려 있지 않다는 것을 알았다. 4, 5년 전부터 나는 항상 상냥스럽고 부드러운 영혼이 명상 속에서 발견하는 그 내적인 쾌감을 맛보고 있었다.

간혹 이와 같이 혼자 산책하면서 내가 느낀 그 황홀감, 그 도취감을 내가 즐길 수 있었던 것은 모두가 나의 박해자들 덕분이었다. 그들이 없었던들 결코 나는 나 자신의 내부에 지니고 있었던 보배들을 발견할 수 없었을 것이고 알지도 못했을 것이다. 그러한 재물 더미에 파묻혀서 어떻게 하면 나는 그것을 충실하게 써낼 수 있을까 하는 수많은 달콤한 몽상들을 상기하려고 하면서, 그것을 묘사하는 대신에 나는 그 몽상 속에 잠겨 버린다. 이 상태야말로 그 추억이 가져다주는 상태이며, 또 사람이 곧 그것을 전혀 느끼지 않게 됨으로써 모르게 될 그러한 상태인 것이다.

내가 그것을 충분히 느낄 수 있었던 것은 《참회록》의 계속을 쓸 계획을 세운 이후의 산책, 특히 이제부터 내가 말하려는 산책의 도중에서였다. 그런데 그때 어떤 예기치 않은 사건이 생겨서 나의 의식의 실마리를 중단시키고 얼마 동안 나로 하여금 다른 방향에서 헤매게 했다.

1776년 10월 24일(목요일), 나는 점심을 끝내고 불르봐르를 거쳐 슈맹 베르가(街)까지 걸어가서, 거기서 메닐몽탕의 고지대에 올라갔다가 다시 포도밭과 풀밭 오솔길을 따라 샤론까지, 그 두 마을의 경계를 이루고 있는 명랑한 경치 속을 가로질러 가고 있었다. 그리고는 다른 길을 걸어 같은 풀밭을 거쳐서 돌아오기 위하여 방향을 틀었다. 나는 유쾌한 풍경이 항상 나에게 느끼게 해주는 기쁨과 안정감을 품고 풀밭을 즐겨 돌아다녔고, 그리고 때로는 멈춰 서서 녹음 속에 있는 식물들을 관찰하곤 했다. 그곳에서 나는 파리 근교에서는 거의 볼 수 없었고 그 부근에만 매우 무성한 두 종류의 식물을 발견했다. 하나는 국화과의 피크리스 이에라시오이데스였고, 또 하나는 미나리과의 불플레브럼 팔카텀이었다. 그 발견이 나를 즐겁게 하였고 오랫동안 나를 흥분시켰다.

그리고는 마침내 더 진귀한, 특히 고지대에서는 흔히 볼 수 없는 식물을 발견하고 말았다. 그것은 세라스티엄 아카티쿰이었는데, 바로 그날 내게 일어난 일에도 불구하고 나는 들고 갔었던 책에서 나중에 그것을 발견하여 식물 표본책 속에 넣어 두었다.

그 외에 아직도 꽃이 피어 있는 여러 가지 다른 식물들은—그 모양이나 명칭은 나에겐 익숙한 것이지만—늘 즐거움을 나에게 주곤 했는데, 그것들을 세밀하게 살펴본 다음에 나는 점차로 그러한 세밀한 관찰을 중지하고 그 모든 것의 총체가 나에게 주는, 여전히 유쾌하기는 하지만 보다 더 감동적인 인상에 마음이 쏠렸다. 며칠 전에 포도 수확이 끝났다. 도시에서 오는 산책자들은 이미 보이지 않았다. 농부들도 역시 겨울이 오기 전에 이미 밭을 떠나고 없었다. 아직 푸르르고 경쾌하기는 하지만, 여기저기 낙엽이 지기 시작해서 이미 사람들이 거의 보이지 않는 전원의 풍경은 곳곳에 고독한 모습과 겨울이 가까이에 있음을 드러내 보이고 있었다.

그 모습에서 달콤하고도 슬픈 인상의 교차가 생겼지만, 그 인상은 나의 연령과 운명에 너무나 근사(近似)해서 그것을 나의 처지에 적용시켜서 생각하지 않을 수 없었다. 나는 결백하고 불운한 생애의 조락에서, 영혼은 아직 생생한 감정에 넘치고 정신은 아직도 꽃과 같은 것으로 장식되어 있으면서 그 꽃은 슬픔으로 시들고 메말라 버린 나 자신을 보았다. 외롭고 따돌림 당한 나는 몸이 얼어붙는 것을 느꼈고, 시들어빠진 나의 상상력은 더이상 마음대로 움직여 나의 고독을 메워 주지를 못했다. 나는 한숨을 지으면서 혼잣말을 했다. "이 세상에서 나는 무엇을 했단 말인가? 나는 살기 위해서 태어났을 텐데 살아 보지도 않고 죽어간다. 하지만 그것은 나의 잘못은 아니다. 나는 나를 만든 조물주의 높은 자리에까지 선행의 공물을 갖다 바칠 수는 없다. 나로 하여금 선행하도록 해주지를 않았으니 말이다. 그러나 적어도 결과가 시원치 않기는 했지만 선한 의지의 공물을, 아주 쓸모가 없었다 하더라도 건전한 감정의 공물

을, 또 사람들의 모욕이라는 시련을 겪어낸 인내심이라
는 공물을 바치겠다." 나는 혼잣말을 하면서 감동하고
있었다. 내가 젊었을 때부터 장년기의, 또 사람들이 나
를 인간 사회로부터 격리시켰을 때부터의, 그리고 이윽
고 나의 생애를 마쳐야 할 오랜 은퇴 생활 동안의 나의
영혼의 동태를 요약해 보는 것이었다. 나의 마음이 애
정을 품고 있던 모든 것을, 그처럼 부드럽고 그러면서
도 그처럼 맹목적이었던 마음의 애착을, 몇 년 전부터
나의 정신의 자양분이 되었었던 슬프다기보다는 위안에
가득찬 관념을 기꺼이 되살려서 그것을 충분히 상기하
여 그때마다 느낀 것과 같은 기쁨을 가지고 그것을 묘
사해 보리라 생각했다.

　그날 오후는 그처럼 평화로운 명상 속에서 지나갔다.
그래서 나는 나의 하루에 적잖게 만족해서 돌아오는 길
이었는데, 그때 몽상에 잠겨 있던 나는 다음에 이야기
하려는 사건으로 그 몽상이 깨어져 버렸다. 여섯 시쯤,
메닐몽탕에서 내려가서 갈랭 자르디니에의 거의 맞은편
에 다다랐을 때 내 앞에서 걸어가던 사람들이 갑자기
양쪽으로 갈라지며 길이 터졌는데, 그 사이로 커다란
덴마크종 개가 덤벼드는 것이 보였다.

　개는 어떤 마차 앞에서 전속력으로 뛰어오고 있었다.
나를 보았을 때는 멎을 시간도, 옆으로 비켜갈 시간도

없었다. 내가 넘어지는 것을 피할 수 있는 유일한 방법은 오직 알맞게 펄쩍 뛰어올라서 내가 허공에 있는 동안 개가 지나갈 수 있도록 하는 것이라고 생각했다. 섬광 같은 그 생각은 그 이상 생각할 여유도 실행할 틈도 없었지만, 그것은 사고가 나기 직전의 나의 마지막 생각이었다. 의식이 돌아올 때까지 부딪혀도, 넘어진 다음에 생긴 일들을 나는 몰랐다.

의식을 회복했을 때는 밤이 다 되어서였다. 나는 젊은이 서너 명의 간호를 받고 있었다. 그들은 사건의 줄거리를 나에게 말해 주었다. 뛰는 것을 멈추지 못한 그 덴마크종 개는 나의 두 다리 밑으로 달려들어 그 몸뚱이와 속력으로 나에게 부딪쳐서, 나는 곤두박질쳐 넘어졌다는 것이었다. 몸 전체의 무게가 그대로 울퉁불퉁 경사진 길바닥에 나동그라졌기 때문에 발보다 머리가 먼저 부딪쳐 나가떨어진 것이 더 심각했다는 것이었다.

개를 데리고 왔었던 그 마차는 바로 개 뒤를 달리고 있었는데, 만약 마부가 그의 말을 곧 멈추지 않았다면 마차째 내 몸 위를 지나쳐 갈 뻔했다는 것이었다. 나를 일으켜서 내가 의식을 차릴 때까지 부축해 주던 사람들이 나에게 들려 준 이야기는 바로 그런 것이었다. 내가 의식을 찾았을 순간의 상태가 너무나 신기했었기 때문에 여기에다 그것을 묘사하지 않을 수 없다.

밤은 어두워가고 있었다. 나는 하늘과 별 몇 개와 그리고 희미한 빛 속의 초원을 보았다. 그 최초의 감각은 달콤했다. 겨우 그런 것으로 나 자신을 느낄 수밖에 없었다. 그 순간 나는 생명으로 탄생하고 있었던 것이다. 그리고 나의 경쾌한 탄생으로 거기에 인정되는 모든 사물을 충만시키고 있는 것 같았다.

그때 당장 생각나는 것이라고는 아무것도 없었다. 나 개인에 대한 확실한 개념이라는 것은 전혀 없었고, 나에게 생긴 조금 전의 일도 기억나지 않았다. 내가 누구인지 어디에 있는지조차도 몰랐었다. 고통도 공포도 불안도 느끼지 않았었다. 물의 흐름을 보듯이 나의 피가 흐르는 것을 바라보고, 그 피가 나의 피라는 것조차도 생각하지 않았다. 나는 모든 나라는 존재 속에서 냉철한 황홀감을 느끼고 있었는데, 내가 그것을 상기할 때마다 내가 알고 있는 모든 환락의 행동 중에 비교될 만한 것은 아무것도 없었다.

사람들은 나에게 어디에 사느냐고 물었다. 그러나 대답하기란 불가능했다. 나는 여기가 어디냐고 물었다. 대답은 오트보르느였다. 그 말은 마치 아틀라스 산에 있다고 하는 것처럼 들렸다. 계속적으로 내가 있는 지방, 도시, 동리의 이름을 물어보아야만 했다. 그래도 나 자신을 인식하기에 충분하지 못했다. 그곳에서 불르봐

르까지 걸어가는 동안 나는 나의 주소나 이름이 생각나지 않았다. 생면부지의 한 남자가 얼마 동안 나를 친절하게 부축해 주었는데, 그는 내가 그렇게 멀리 살고 있다는 것을 알고 르 탐플에서 마차를 한 대 잡아서 타고 가라고 권했다. 나는 아주 잘, 아주 경쾌하게 걸어가고 있었고 상처나 통증도 전혀 느끼지 않았었지만 피는 많이 토했었다. 싸늘한 소름이 끼쳐서 이빨이 맞부딪치기도 했다. 몹시 불편했다. 르 탐플에 도착하자 나는 아무 고통 없이 걸을 수 있었고 그대로 걸어가는 편이 마차를 타고 죽도록 떠느니보다는 차라리 낫다고 생각했다. 이와 같이 나는 르 탐플에서 플라트리에르 가까지 5리가량을 고통 없이 장애물과 마차들을 피하며 평소의 건강하던 때처럼 길을 잃지도 않고 걸어갔다.

집에 도착해서 거리 쪽으로 나 있는 사잇문을 열고 어두운 계단을 올라가 마침내 나의 집에 들어갔으므로 넘어진 일과 그 결과—그때까지 나는 그것을 몰랐었지만—외에는 다른 사고라고는 없었던 셈이다.

나를 보고 지르는 아내의 고함소리를 듣고 내가 생각했던 것보다 훨씬 심하게 다친 것을 알았지만 아픈 것도 못 느낀 채 그밤을 보냈다. 이튿날 아침에 느끼고 본 일은 이러하다. 윗입술의 안쪽은 코 있는 데까지 갈라졌지만 바깥은 피부 때문에 안전했고 완전히 절단되지는 않았다. 이빨 네 개가 위턱으로 치박혀서 위턱을 덮고 있는 얼굴 부분이 모두 붓고 상해 있었다. 오른손의 엄지 손가락은 삐어서 부어 있었다. 왼손의 엄지 손가락도 몹시 상해 있었다. 왼팔은 삐고, 왼쪽 무릎도 부어 올라서 쑤시는 심한 타박상 때문에 전혀 굽힐 수 없었다. 그러나 그렇게 깨어졌는데도 이빨 하나 부러지지 않았다. 그처럼 심하게 넘어졌는데도 신기하리만큼의 행운이다.

정확하게 말해서 이것이 나의 수난의 사연이다. 며칠도 안 되어 이 이야기는 파리 시내에 퍼져서, 무엇이 무엇인지 모를 정도로 와전되어졌다. 나는 그와 같은 와전을 미리 각오하고 있었어야 했을 것이다. 그러나 거기에는 여러 가지 야릇한 상황이 결부되어 있었다. 그다지도 많은 애매한 이야기와 수군거리는 은밀한 이야기가 덧붙여졌다. 사람들은 참으로 우스우리만큼 조심스럽게 나에게 이야기를 하기 때문에 그 모든 신비로운 것이 나를 불안케 했다. 나는 언제나 암흑을 증오했다. 나는 암흑에 대해선 선천적으로 공포를 느꼈고, 오랜 시일에 걸쳐서 나를 둘러싸고 있는 암흑의 깊이도 그 공포를 감소시킬 수는 없었다. 그 시기의 여러 가지 기묘한 이야기들 중 하나만 여기에 적겠지만 이것으로 다른 일들을 추측하기에 충분할 것이다.

M씨는—나는 그 사람하고 아무런 관계가 없었다—나의 소식을 알아 보려고 자기의 비서를 나에게 보냈다. 그리고는 그때의 형편으로 나에게는 과히 위로가 된다고 볼 수도 없는 간곡한 편의의 제안을 했다. 그의 비서는 그 제안을 받아들이라고 권하고, 직접 M씨에게 편지를 써 주어도 좋다고까지 말했다. 그렇게 큰 후의와 거기에 표시된 친근한 태도에서, 이런 모든 것의 이면에는 무슨 곡절이 있으리라는 것은 짐작했지만 아무리 생각해도 그것을 간파할 수는 없었다. 나를 겁나게 하기에는 그 정도까지도 필요 없었다. 특히 재난과 그것에 따른 열 때문에 머리가 멍해 있었기 때문이었다. 나는 여러 가지 불안하고 슬픈 추측을 해보았고, 또 주위에서 일어나고 있는 여러 가지 일에 대해서 이것저것 설명을 붙여보곤 했지만, 그것은 무엇에나 더이상 관심을 갖지 않는 인간의 냉정한 태도라기보다는 열로 말미암아 착란 상태라고나 할 성질의 것이었다.

또 한 가지 사건이 완전히 나의 안정을 깨뜨렸다. 어떤 부인이 몇 년 전부터 나와의 교제를 청해 왔으나, 나는 그 이유를 알지 못했었다. 무슨 의미가 있는 듯한 조그만 선물, 목적도 재미도 없는 빈번한 방문, 이 모든 것에는 어떤 숨은 목적이 있다는 것을 충분히 알 수 있게 해주었지만 외관으로는 알아낼 수가 없었다. 그 여

자는 왕비에게 바치기 위해서 쓰고 있다는 소설에 관해
서 나에게 이야기했다. 나는 여류 작가에 대해서 내가
생각하고 있는 바를 그 여자에게 말했다. 그 여자는 그
계획의 목적이 재산의 회복이라는 것을 나에게 암시하
고, 그러자면 어떤 뒷받침이 필요하다는 것이었다. 거
기에 대해서 나는 대답할 말이 없었다. 그 뒤 그 여자
는 왕비에게 접근할 기회를 얻기도 어려워서 그 책은
출판하겠다고 나에게 말했다. 그쯤되면 충고를 할 처지
가 못 되었다. 그 여자도 충고를 원치 않았을 것이며,
충고를 했던들 받아들이지도 않았을 것이다. 그 여자는
사전에 그 원고를 나에게 보여 주겠다고 말했다. 내가
제발 그러지 말아달라고 부탁하자 그 여자는 단념한
듯, 다시 나를 찾아오지 않았다. 내가 회복해 가고 있는
어느 날, 나는 그 여자로부터 완전히 인쇄되고 제본도
된 그 책을 받았는데, 그 서문 속에 나에 대한 대단한
칭찬이 퉁명스럽고 부자연스런 겉치레로 꽉 차 있어서
나는 기분이 상해 버렸다. 거기에서 볼 수 있는 거친
아부는 결코 호의와는 거리가 먼 것이었고 내 마음이
그런 것에 속아 넘어가지도 않을 것이었다.

　며칠 후, 그 부인은 자기 딸과 함께 나를 만나러 왔
다. 그 여자는 그 책이 어떤 주(註) 때문에 사람들의
관심을 끌어서 대단한 평판을 자아내고 있다고 알려 주

었다. 나는 그 소설을 대충 빨리 읽어버렸었기 때문에
문제의 주는 거의 거들떠보지도 않았다. 나는 그 부인
이 간 뒤 그 주를 다시 읽어 보았다. 나는 그 말투를 조
사했다. 나는 그 여자의 방문·아부·서문 속에서의 절
찬의 동기를 대강 알아차릴 수 있었다. 그리고 그 모든
것은 그 주를 내가 쓴 것으로 사람들로 하여금 생각케
하기 위해서, 따라서 그것이 출판되었을 때 저자가 받
게 될지도 모를 비난을 나에게로 돌리기 위한 술책이라
고 나는 판단했다.

그러한 소문이나, 거기에서 생길 수 있는 영향을 막
으려 해도 나로서는 어쩔 수 없었고 가능한 일이라고는
다만 계속해서 그 부인과 그 딸의 무익하고도 시위하는
듯한 방문을 감수하면서까지 그 소문을 확인시키지 않
는 것뿐이었다. 그것 때문에 나는 다음과 같이 쪽지를
그 모친에게 써 보냈다.

'루소는, 어떠한 작가와도 만나지 않기로 했으므로 부
인의 친절에 대해서는 감사하는 바입니다만, 더이상 방
문을 하지 말아 주시기를 우러러 바랍니다.'

그 여자는 나에게 답장을 써 보냈는데, 그런 경우에
내가 받았던 모든 편지들과 똑같은 투의 표면상으로는
정중한 것이었다. 나는 감수성이 예민한 그 여자의 가
슴에 참혹한 일격을 가했기 때문에 편지 내용으로 볼

때 강렬하고 진지한 감정을 나에게 품고 있는 그 여자
로서는 그 절교를, 죽지 않고서는 참아낼 수 없으리라
고 나는 생각지 않을 수 없었다. 이와 같이 모든 일에
있어서 올바르고, 솔직하게 행동한다는 것은 이 세상에
서는 무서운 죄악이며 또 나의 동시대인들에게 대하여
나는 악의에 차고 잔인한 사람처럼 보일 것이다. 내가
그들 입장에서 볼 때 다른 죄를 범했다면 그것은 내가
그들처럼 거짓말쟁이가 아니고 비열한 자가 아니라는
사실이다.

  벌써 나는 너더댓번 외출을 하게 되었고 자주 튤르리
공원에서 산책을 하게까지 되었는데, 거기서 만난 몇몇
사람들이 놀라는 모습을 보고, 나는 나도 모르는 또다
른 어떤 나에 관한 소문이 나 있다는 것을 알아챘다.
마침내 나는 내가 쓰러져서 죽었다는 헛소문이 퍼져 있
다는 것을 알게 되었다. 그런데 그 소문은 너무나 빨리,
그리고 너무나 완강하게 퍼졌기 때문에 내가 그것을 알
게 된 지 2주일 후에 궁정에서도 그것이 확실한 사실로
서 화제에 올랐을 정도였다. 친절하게도 편지를 받고
안 사실이지만 아비뇽 시보(時報)는 그 기쁜 소식을 고
지(告知)하면서, 그 기회에 나의 사후의 기념으로 조사
(弔辭)로서 준비되어 있는 모욕과 불명예스러운 선물의
예고를 잊지 않았다.

그런 소식에 덧붙여서 더 한층 이상한 이야기가 전해
졌는데, 실은 나도 그것을 우연히 알게 되었다. 그러나
그 자세한 내용에 관해서는 나는 전혀 알 수 없었으나
대략, 나의 집에서 발견될 원고의 인쇄에 대해서 예약
이 시작되었다는 이야기였다. 거기서 나는, 내가 죽은
뒤 곧 그것을 나의 저작이라고 조작하기 위하여 만들어
진 저서의 다발이 준비되어 있다는 것을 알았다. 왜냐
하면 실지로 발견되는 것을 충실하게 인쇄한다는 일은
양심이 있는 사람으로서는 도저히 생각할 수 없는 어리
석은 일이고, 그런 일에 대한 15년간의 경험이 나로 하
여금 그런 일을 믿을 수 없게 해주었으니 말이다.

그러한 발견과 놀라운 일들이 하나하나 꼬리를 물고
드러나서, 나 자신 이제는 감퇴했다고 생각하고 있었던
상상력이 또다시 왕성해졌다. 그리하여 나의 주의에 쉴
새없이 짙어져 가고 있는 암흑은, 암흑에 대해서 선천
적으로 나로 하여금 느끼게 한 온갖 공포를 되살려 주
었다. 그 모든 일에 설명을 붙여 보려는 데 나는 기진
맥진해졌다. 나는 불가능한 것으로 사람들이 만들어 놓
은 신비한 일을 이해하려고 노력하는 데 기진맥진해 버
렸다. 수많은 수수께끼 같은 것에서 똑같이 얻을 수 있
는 유일한 결과는 이전부터의 결론에 대한 확신이었다.
즉 나의 운명과 나의 명성은 현세대의 일치된 의견으로

결정되어 있기 때문에, 아무리 노력해도 나로서는 그 결정에서 벗어날 수가 없다. 그 이유로서는 어떤 것이든지 이 시대에 있어서 그것을 말살시키려는 자의 손을 통하지 않고는, 다른 시대에 전달한다는 것이 나에게는 불가능하기 때문이라는 그러한 결론이다.

그러나 이번에는 나는 더 깊숙이 들어갔다. 그렇게도 많은 우연한 경우의 집적(集積), 나의 가장 잔인한 적들이 말하자면 행운의 구름을 타고 꼭대기에 올라가 있는 사실, 국가를 지배하는 자들, 여론을 좌지우지하는 자들, 감투를 쓰고 있는 자들, 신용 있는 모든 사람들이 마치 체로 쳐서 골라내진 듯이 나에 대해서 어떤 은근한 적의를 가진 자들 중에서 선발되어 공동의 음모에 참가하고 있다는 것, 그러한 보편적인 일치는 순전히 우연이라고 하기에는 너무나 기이한 현상이다. 단 한 사람만이라도 거기에 가담하기를 거부했다면, 단 한 가지 사건만이라도 그들의 목적에 상반되었다면, 단 한 가지의 예기치 않았던 경우가 장애물이 되었더라면 그 음모를 실패시키기에는 충분했을 것이다.

더구나 모든 의지, 모든 숙명과 운명, 모든 변동이 인간의 작업을 확고하게 만들어 버렸다. 그래서 기적이라고도 할 만한 이러한 굉장한 협력을 알고 나는 그 완전한 성공이 영원의 명령 속에 명기되어 있다는 것을 의심할 수가 없다. 비록 과거이건 현재이건 수많은 여러 가지 업적에 대한 관찰에서 나는 그런 생각을 확신하고, 지금까지는 인간의 사악한 마음의 소산으로 내가 대해 왔던 업적들을 앞으로는 인간의 이성이 살필 수 없는 하늘의 비밀 중의 하나로 보지 않을 수 없게 되었다.

이러한 생각은 나에게 잔인하고 괴롭게 생각되기는커녕 나를 위로하고 나의 마음을 가라앉히며 체념시켜 주는 데 도움이 된다. 나는 신의 의지라면 지옥에 떨어져도 위안이 된다고 한 성 오규스탱처럼 원대한 데까지는 미치지 못한다. 나의 체념을 실토하자면 보다 이기적이기는 하지만 동시에 순수하고 또 내 딴에는 내가 숭배하는 '완전한 존재'에 어울리는 근원에서 유래하고 있다. 신은 정당하다. 그는 내가 괴로워하기를 바란다. 그리고 그는 내가 죄가 없다는 것을 알고 있다. 이것이 나의 확신의 근거이다.

나의 마음과 나의 이성은 그 확신이 나를 속이지 않으리라고 부르짖고 있다. 그러므로 인간이나 문명에게 맡겨 버리자. 불평을 하지 않고 견디는 것을 배우자. 모든 것은 결국 질서를 회복할 것이고, 조만간에 내 차례도 돌아올 것이다.

제3의 산책

□ 나는 항상 배우면서 늙어간다.

솔롱은 만년에 이 시구를 자주 되풀이하곤 했다. 이 시구에는 노경에 있는 나 역시 그런 말을 할 수 있을 듯한 의미가 포함되어 있다. 그러나 20년 동안에 걸친 경험이 나에게 가르쳐 준 지식은 정말 서글픈 지식이다. 그것은 차라리 모르느니만 못한 것이다. 역경이 위대한 스승일지도 모르지만, 그 스승은 수업료를 호되게 받으며 그 수업에서 얻어내는 이익은 거기에 든 비용에 비할 바가 못 된다. 게다가 그처럼 만학으로 지식을 획득하기 전에 그것을 사용하기에 알맞는 시기는 지나가 버린다.

청년 시절은 지혜를 탐구할 시기이며 노년기는 그것을 실천하는 시기이다. 경험은 항상 공부가 된다고 하는 바는 사실이다. 그러나 그것은 자기의 앞으로의 기간 동안에 도움이 될 뿐이다.

죽어야만 할 때, 어떻게 살아야만 할까를 배운다는 것은 과연 그것이 시기에 적합하다고 할 수 있을까?

아! 자기의 운명에 관해서, 또 그것을 만들어 내는 타인의 정열에 대해서 그다지도 뒤늦게, 그다지도 괴롭게 얻어진 지식이 나에게 무슨 소용이 있단 말인가? 내가 인간이라는 것을 보다 잘 아는 방법을 배운 것은 그들이 나를 몰아넣은 비참한 지경을 보다 강하게 느끼기 위한 것에 불과했기 때문에 그 지식은 그들의 모든 함정을 명백히 하면서도, 그 중 단 하나도 나로 하여금 피할 수 있도록 해주지를 못한 것이다. 그 바보 같으면서도 따뜻한 신뢰 속에서 왜 나는 끝까지 머물러 있지 않았던가! 그 신뢰는 오랜 세월에 걸쳐서 나를 그 요란한 친구들의 밥으로, 노리개로 만들었었는데 그들의 음모에 휩싸여 있던 나는 티끌만큼도 의심을 품지 않았었던 것이다. 나는 그들의 놀림감이었고, 그들의 희생이 되었던 것은 사실이다. 그러나 나는 그들의 사랑을 받고 있다고 생각하고, 나의 마음은 그들이 품게 해준 우정을 즐기며, 그들에게도 나에 대해서 똑같은 우정을 기대하고 있었다. 그와 같은 달콤한 환상은 깨어져 버렸다. 시간과 이성이 드러내 보여 준 슬픈 진실은 나의 불행을 나로 하여금 느끼게 하면서, 아무 도리가 없다는 것을, 또 내가 단념하는 수밖에 없다는 것을 나에게 납득시켜 준 일인 것이다. 이처럼 내 노년의 경험은 나의 상태에 있어서는 현재의 도움도 될 수 없고 미래에 이득도 될 수 없다.

우리는 태어나자 투기장에 들어가 죽어서 거기로부터 나온다. 경기가 끝날 무렵이 되어서 전차를 더 잘 다루게 되는 것을 배워서 무슨 소용이 있단 말인가? 남은 문제는 다만 어떻게 거기로부터 나와야 하는가를 생각하는 일이다. 노인의 공부, 그에게도 배울 것이 아직 남아 있다면 그것은 오직 죽는 것을 배우는 일이다. 그리고 나 정도의 연령이 되면 그것이야말로 게으름을 피우는 공부다. 모든 일을 생각하면서 그것만은 제외하고 있다. 노인이라는 것은 모두 애들에 비해서 삶에 한층 더 강한 애착을 가지고, 청년보다도 더 애처롭게 삶에서 떠난다. 그것은 그들의 모든 노력이 현세의 생을 목적으로 하고 있었으므로, 그들은 마침내 그들의 수고가 허실이었다는 것을 알게 되기 때문이다. 그들의 모든 조심스러움, 불철주야의 부지런한 노력의 결과들을 죽을 때에는 다 놓고 간다. 그들은 살아 있는 동안 죽음에 직면해서 가지고 갈 수 있는 것이라고는 하나도 얻어 두려고 생각하지 않았던 것이다.

나는 자신에게 그것을 말해야 할 시기에 그것을 나자신에게 말했다. 비록 나의 반성에서 보다 많은 이익을 끌어낼 수 없었다 하더라도 그것을 적당한 시기에 반성하지 않았던 탓도 아니고, 그것을 잘 소화하지 않왔던 탓도 아니다.

나는 어린 시절부터 사회의 소용돌이 속에 내던져져
서 경험에 의하여 이미 내가 그러한 사회에서 살도록
만들어지지 않았다는 것, 그리고 거기에서 나의 마음이
바라고 있는 상태에 결코 도달할 수 없다는 것을 깨우
쳤다. 그래서 인간들 사이에서는 행복을 발견할 수가
없다고 느꼈기 때문에 거기에서 행복을 찾기를 단념하
자 나의 열렬한 상상력은 이제 겨우 시작했음에 불과한
삶의 위치를 마치 나에겐 낯설은 땅이기나 하듯이 뛰어
넘어, 내가 정착할 수 있는 고요한 위치에서 휴식하려
고 했다.

그러한 감정은 어렸을 때부터 교육에 의해서 길러졌
고, 나의 전 생애에 걸쳐서 고난과 불운의 온갖 것을
엮어 모은 긴 기간을 통해 강화되어, 그것은 언제나 나
라는 존재의 본성과 낙착할 곳을 다른 어떤 사람에게서
도 보기 드문 관심과 열성으로 탐구하게 해주었다. 나
는 나보다 훨씬 더 학자적인 입장에서 철학하는 사람들
을 많이 보았지만 그들의 철학은 그들에게 있어서는 말
하자면 인연이 먼 것이었다. 다른 사람들보다 유식해지
기를 원하므로, 그들은 마치 그들의 눈에 띄는 어떤 기
계를 연구하는 것과 같이 순전한 호기심을 가지고 우주
를 연구하며 어떻게 그것이 배치되어 있는가를 탐색하

려 하고 있다.

그들이 인간성을 연구하는 것은 그것에 관하여 학자답게 이야기를 할 수 있고자 하기 때문이지 자기를 알기 위해서가 아니다. 그들은 타인에게 가르치기 위해서 공부를 할 뿐 자신의 내부를 밝히기 위해서 하지는 않는다. 그들 중의 몇몇은 책을 쓸 생각만을 하며, 사회에서만 받아들인다면 어떤 책이든 그것에는 무관하다. 그들의 책이 완성되어 출판되면 내용에 대해서는 조금도 관심을 갖지 않는다. 다만 타인으로 하여금 받아들이게 하는 것, 혹은 그 책에 대해서 공격을 받을 경우에 그것에 대해 변명하는 일을 제외하고는 말이다. 그뿐만 아니라 그 책에서 무엇이고 인용해서 스스로 이용한다든가, 그 내용이 틀렸는지 옳았는지조차 생각해 보는 일이 없다. 그 책이 반박만 받지 않는 한 말이다.

나로 말하면, 내가 배우기를 갈망한 것은 스스로 알기 위함이었지, 가르치기 위해서가 아니었다. 타인을 가르치기 전에 우선 자기가 충분히 알아야만 한다고 나는 항상 생각했다. 그리고 내가 사람들 틈에서 해내려고 한 연구 중에는 만약 내가 여생을 맡겨야만 할 고도(孤島)에 내버려졌다 하더라도 역시 혼자서 계속했으리라고 생각되는 바 외에는 거의 다른 것이 없다.

사람이 해야 할 일은 사람이 믿어야 할 일에 달린 수

가 많으며, 원시적인 자연의 욕구에 관계가 모든 일 중
에는 우리들의 의견이 행동의 기준이 된다. 그것이 항
상 나의 원칙이었는데, 그것에 의해서 나는 오랫동안
탐구를 계속하고, 나의 일생을 어떻게 활용할 것인가를
생각하며, 그 진실한 목적이 무엇인가를 알려고 노력하
여 마침내는 그 목적을 이 세상에서 찾아서는 안 된다
는 것을 느끼고, 거기서 약삭빠르게 행동하는 천부의
재주가 거의 없는 것에 위안을 느꼈다.

도덕 관념과 신앙심이 넘치는 가정에서 태어나 그 뒤
에는 지혜와 종교에 넘치는 선교사 집에서 곱게 자라난
내가 아주 어릴 때부터 받은 규율과 원칙, 혹 그것을
편견이라고 부르는 사람도 있겠지만, 그것은 결코 나를
완전히 저버린 일은 없다.

아직 어렸을 때 홀로 떨어져서 애무에 이끌리고, 허
영에 유혹되고, 희망에 속고, 필요에 몰려서 나는 가톨
릭 교인이 되었다. 그러나 나는 여전히 기독교 신자였
다. 그리고 이윽고 습관의 지배를 받은 나의 마음은 진
지한 의미에서 나의 새로운 종교에 결부되었다. 바랑
부인의 교육과 본보기는 나로 하여금 더욱 강하게 결속
되도록 만들었다. 내가 청춘의 꽃피는 시절을 보낸 전
원의 고독, 내가 완전히 몰두해 버린 양서들의 연구는
그녀의 곁에서 선천적으로 애정에 넘치는 감정을 추구

하는 나의 소질을 더욱 강화시켰고, 나로 하여금 펜늘 롱 식의 독신자(篤信者)로 만들었다. 은신처에서의 명상, 자연에 대한 연구, 우주에 대한 정관은 고독한 자로 하여금 끊임없이 조물주에게 향하게 만들고, 그가 보는 모든 것의 종국과 느낄 수 있는 모든 것의 원인을 감미로운 불안감을 가지고 추구하게끔 한다.

나의 운명이 나를 다시 이 세상의 격랑 속으로 던져버렸을 때, 나는 이미 거기에서 순간적이나마 나의 마음을 기쁘게 만들 수 있었던 것을 전혀 볼 수 없었다. 나의 달콤한 한거(閑居)를 아끼는 마음이 어디에 가나 가시지 않았고, 행운과 명예로 이끌어 가기에 알맞는 나의 능력의 한도에서 있을 수 있는 모든 것에 무관심과 혐오감을 던졌던 것이다. 불안스러운 욕망 속에서 자신이 없었던 나는 내가 희구하고 있다고 생각되는 모든 것을 내가 획득했다고 하더라도, 나의 마음이 그 대상도 확실히 모르고 갈망하고 있는 행복을 거기에서 발견할 수는 없으리라고 생각하고 있었다. 이와 같이 모든 것은 나의 애착을 이 세상에서부터 떼어버리는 데 이바지하고 있었다. 그것은 나를 완전히 이 세상에서 인연 없는 자로 만들어 버리게 된 불행한 사건이 일어나기 전에조차도 그러했다. 적빈과 행운 사이에서, 지혜와 오류 사이에서 떠돌며, 습관적인 수많은 악덕에 가득 찼으면서도 마음속에 전혀 나쁜 경향이라고는 없이, 나의 이성으로 확고하게 결정한 원칙도 없이, 되어 가는 대로의 생활을 하며, 의무를 멸시하는 것은 아니지만 흔히 그것을 똑똑히 인식하지 못하고 소홀히 하면서 나는 마흔 살이 되었다.

나는 청년 시절부터 흔히 마흔 살이 되는 시기를 성공을 위한 노력의 한계라고 설정하고, 온갖 종류의 일에 있어서 나의 포부의 한계임을 독단했었다.

그만한 나이가 되면 어떠한 경우에 부닥치더라도, 거기에서 벗어나려고 몸부림치지는 않으며 앞으로의 일을 걱정하지 않고, 그날그날을 살아 나가리라 굳게 결심하고 있었다. 마침내 그 시기가 와서 나는 아무 고통도 느끼지 않고 그 계획을 실행에 옮겼다. 그런데 그 당시에는 행운이 보다 안정된 자리를 나에게 마련해 주려고 하는 것처럼 보였지만, 나는 그 행운을 단념하는 것이 애석하지 않을 뿐만 아니라 차라리 그 편이 정말로 기꺼웠다. 그러한 모든 유혹, 모든 헛된 희망에서 해방된 나는 태만과 정신의 휴식에 완전히 몸을 맡겨 버렸다. 그것이야말로 나의 가장 억센 취미였고, 변함없는 마음의 동향이었던 것이다. 나는 사교계와 그 화려한 생활을 떠났다. 모든 장신구를 포기했다. 패검(佩劍), 시계, 흰 양말, 금붙이, 머리 장식품도 다 버렸다. 아주 간소

한 가발, 검소한 모직옷을 입었다. 그리고 무엇보다도
더 좋은 일은 내가 버린 모든 것에 어떤 가치를 부여하
려는 쾌락에 대한 사모와 선망을 나의 마음에서 뿌리째
뽑아버린 일이다. 나는 그 당시 차지하고 있었던 지위
를 포기했다. 그것은 나에게는 조금도 어울리지 않는
지위였다. 그리고 나는 페이지 당 얼마씩 하는 악보 베
끼는 일을 시작했는데, 그 일은 언제나 내가 싫증을 느
끼지 않고 재미를 붙일 수 있었던 작업이었다.

　나는 나의 개혁을 외부적인 일에 국한하지는 않았다.
외부적인 개혁을 하기 위해서조차도 아마 보다 괴로운,
그러나 보다 절실한 또 하나의 개혁이 나의 사상 속에
서 요구된다는 것을 느꼈다. 그래서 이번에야말로 결정
적으로 그것을 해보려고 결심한 나는 나의 마음을 엄격
한 시험에 걸어서 나의 여생을 통제하고, 죽음에 마주
쳤을 때도 내가 가졌으면 하는 경지에 도달하려고 생각
했다.

　나의 마음속에 일어난 커다란 혁명, 나의 눈앞에 나
타난 새로운 도덕의 세계, 사람들의 몰이해.—나는 그
것 때문에 얼마나 내가 희생을 치러야 하는가를 미리
알지 못했지만, 그 부조리성은 느끼기 시작하고 있었
다.— 냄새만 맡고도 당장 싫증이 나버린 덧없는 문학
적 명성 따위와는 별개의 행복에 대한 욕구가 나날이

증대해 가고, 앞으로는 내가 지내온 가장 아름다웠던 반생의 길과는 보다 다른 확실한 길을 걸어가고 싶은 욕망, 이 모든 것이 오래 전부터 그 필요성을 느끼고 있었던 중대한 검토를 나에게 강요하고 있었다. 그래서 나는 일을 시작했으며 이 계획을 실행에 옮기기 위해서 나는 내 힘으로 할 수 있는 일에 대해 하나 하나 소홀히 하지 않았다.

내가 세상을 완전히 단념하고 고독한 생활에 대해서 그처럼 강한 흥미를 가지게 된 것은 바로 그 시기부터 였고, 그때부터 고독은 나에게서 떠나지 않고 있다. 내가 계획하고 있었던 저작은 완전한 은퇴 생활 속에서만 수행될 수 있었다. 그것은 길고 조용한 명상을 필요로 했는데, 사교계의 잡음은 그것을 허용하지 않는다. 그 래서 나는 하는 수 없이 얼마동안 다른 생활 양식을 받아들여야만 했는데, 그것은 나에게 있어서 즐거운 생활이었기 때문에 그 뒤 부득이 잠시 동안 중단한 일은 있었지만, 가능하면 나는 기꺼이 그런 생활로 돌아가서 아무 고통도 느끼지 않고 그 속에 틀어박혔다. 그래서 이 후에 사람들이 나를 혼자 살아야만 하도록 만들어 놓았을 때, 나를 비참하게 만들기 위해서 격리시켜 놓은 그들은 내가 나의 힘으로 할 수 있는 이상으로 나의 행복을 위해서 이바지해 주었다는 것을 알았다.

　나는 그 일의 중요성에 대한 열의, 또 내가 그것이
필요하다고 느낀 것만큼의 열의를 가지고, 내가 계획한
일에 몰두했다. 그때 나는 옛 철학자들과는 거의 닮은
점이 없는 현대의 철학자들과 생활을 같이 하고 있었
다. 그들은 나의 의혹을 거둬 주고, 나의 우유부단에 결
정을 내려 주기는커녕, 내가 가장 관심을 가지고 알고
싶어 하는, 이것이야말로 확실하다고 생각하고 있는 것
을 모조리 뒤흔들어 놓았다. 왜냐하면 열렬한 무신론의
포교자들이며 대단히 거만한 독단론자인 그들은 무슨
일에 있어서나 자기네들과 사고를 달리하는 인간들에게
노발대발하지 않고는 못 배겼기 때문이다. 흔히 나는
나 자신을 변명했지만 그것은 아주 미약했다. 왜냐하면
논쟁에 대한 혐오감 때문에 그러했고, 그것을 계속하는
재주가 없었기 때문이기도 했다. 그러나 결코 나는 그
들의 파괴적인 교리를 받아들이지는 않았다. 그리고 그
렇게 관용 없는 사람들, 게다가 저희들 딴에는 어떤 견
해를 가지고 있었던 사람들에 대한 나의 저항은 그들의
적의를 돋우는 데 적지 않은 원인이 되었다.

　그들은 나를 설득시키지 않았지만 그들은 나를 불안
하게 만들었다. 그들의 논조는 결코 나를 납득시키지
못했지만 나를 뒤흔들어 놓았던 것이다. 나는 그것에
대해서 적절한 답변을 찾지 못했으나, 찾아 낼 수 있을

것 같은 생각이 들었다. 내가 틀렸다기보다는 나의 무력함에 화가 났다. 그래서 나의 이성보다 나의 심정으로 그들에게 보다 잘 답변하곤 했다.

결국 나는 속으로 이렇게 생각했다. 말을 잘하는 자들의 궤변에 나는 영원히 희롱당하여야만 할 것인가? 그들이 설교하는 사상, 그처럼 열심히 타인에게 받아들이게 하려는 그 사상이 정말로 그들 자신들의 것인지조차도 나는 확신할 수 없다. 그들의 교리를 지배하는 그들의 정열, 이것 저것을 믿게 하려고 하는 관심은 그들 자신이 생각하고 있는 속으로 파고들기를 불가능하게 만든다. 당파의 수령에게 성의를 요구할 수 있을까? 그들의 철학은 타인을 위한 것이다. 나는 나를 위한 철학이 하나 필요하다.

나의 여생의 행동에 일정한 기준을 찾기에 아직 늦지는 않았으니, 온힘을 다해서 그것을 찾자. 나는 지금 성숙한 연령, 즉 오성(悟性)이 가장 발달한 연령에 있다. 이미 나는 인생의 내리받이에 발을 들여놓고 있다. 만약 더이상 기다리면 심사숙고하기에는 시간이 늦어져서 나의 온힘을 다할 수가 없게 될 것이다. 나의 지능은 활동력을 잃어버리고 오늘 내가 최선을 다해서 행할 수 있는 일을 보다 잘하지 못하게 될 것이다. 그 유리한 시기를 붙들자. 지금은 나의 외부적이며 물질적인 생활

개혁의 시기다. 나는 또한 그것이 나에게는 지적이고 도덕적인 개혁의 시기이기를 바란다. 나의 사상과 원칙을 분명히 확립해 보자. 그리고 충분히 생각해 본 뒤, 그래야만 한다고 내가 판단한 대로 나의 여생을 보내자.

나는 이 계획을 천천히 그리고 여러번 되풀이해 보았는데, 그것에 대해서 나는 내게 가능한 온갖 노력과 주의를 다 쏟았다. 나는 나의 여생의 휴식과 나의 전적인 운명이 거기에 달려 있다는 것을 절실히 느끼고 있었다. 거기에서 우선 나는 굉장한 낭패와 곤란·장해·곡절, 암흑에 찬 미궁 속에 빠져 버렸다. 그래서 스무 번이나 모든 것을 포기할까 생각한 나는 헛된 탐구를 단념하고, 나의 고찰을 일반적인 주도(周到)함의 기준에서 멎게 하여, 내가 그렇게도 애써 보았던 원칙 안에서 그것을 구하기를 그만둘까 하는 생각까지 들었다. 그러나 그 주도함이라는 것조차가 나에게는 엄청나게 인연이 먼 것이어서, 그것을 획득하는 것이 매우 어울리지 않는다는 생각이 들었다. 그것을 나의 안내자로 삼는다는 것은 바다 위에서 폭풍우를 만나 키와 나침판도 없이 거의 접근할 수도 없는 등대를, 그리고 나에게 어떤 항구도 가리켜 주지 않는 등대를 찾으려고 하는 것 이외의 아무것도 아니라는 것을 나는 알고 있었다.

나는 고집을 부려, 난생 처음으로 용기를 냈다. 그래
서 나는 그 성공 덕분에 그때부터 전혀 주의를 하지 않
고 나를 뒤덮기 시작한 무서운 운명을 견뎌낼 수가 있
었다. 아마 인간이 여태껏 아무도 해내지 못했을, 가장
열렬하고 가장 진지한 탐구가 있은 후 내 마음에 깃들
고 있던 모든 관념에 대해서 평생 변치 않을 태도를 결
정했다. 그리고 비록 얻은 결과 중에서 내가 오류를 범
하고 있을지도 모르지만, 적어도 그 오류는 내 잘못일
수는 없다는 것을 나는 확신한다. 왜냐하면 나는 오류
를 면하기 위해서 온갖 노력을 다했으니 말이다. 나의
어렸을 적의 편견과 나의 마음에서 우러나는 은근한 소
원이 나에게 있어서 가장 위안이 되는 방향으로 저울대
를 기울게 했을지도 모른다는 것을 나는 믿는다. 그렇
게도 열렬하게 희구하고 있는 것을 믿으려 하지 않음은
어려운 일이다. 그리고 저 세상에서의 심판을 인정하느
냐 않느냐 하는 관심이 대부분 사람들의 희망이나 두려
움에 대한 신앙을 결정한다는 일을 어느 누가 의심할
수 있단 말인가? 그런 모든 것이 나의 판단을 작용시켰
는지도 모른다. 그것에는 나도 동의하지만 그것은 나의
성의를 흐리게 하지는 않았다. 왜냐하면 나는 무슨 일
에나 속는 것이 두려웠기 때문이다. 만약 만사가 이 세
상의 생활로서 사명을 다하는 것이라면, 나는 그것을

알고 여하튼 내 힘으로 할 수 있는 한의 행운을 아직 늦기 전에 거기서 끌어내어 완전히 속지 않도록 하는 것이 필요했다. 그러나 나의 내부에 느끼고 있었던 마음 상태에서 볼 때, 내가 가장 두려워한 것은 나로서는 그렇게 큰 가치가 있다고는 생각되지 않는 이 세상에서의 행복을 누리기 위해서 나의 영혼의 영원한 운명을 위태롭게 하는 것이었다.

또다시 고백하지만 나를 낭패시키고 있었던 곤란한 점, 그리고 우리의 철학자들이 그렇게도 자주 우리의 귀에 경 읽듯이 되풀이했던 그 곤란한 점을 항상 내 마음이 흡족하도록 해결하지는 못했다.

그러나 인간의 지성이 거의 단서를 갖지 않고 있는 문제들에 관하여 마침내 나의 입장을 결정하려고 결심하면서도, 또 어떤 면에서도 뚫고 들어갈 수 없는 신비와 해결할 수 없는 이의(異議)를 본 나는 문제 하나하나에 직접적으로 가장 좋다고 생각되고, 그 자체가 가장 믿을 수 있을 것이라고 생각되는 의견을 채용하고, 내가 해결할 수는 없지만 반대적 체계에 의하면 역시 강력한 이의에 의해서 반격을 당하는 이의에는 관심을 두지 않기로 한 것이다. 그러한 문제에 대한 독단적인 논조는 협잡꾼에게나 어울리는 이야기다. 그러나 문제는 자기 자신에 대해서 하나의 느낌을 갖는 일이며, 그러한 경우 가능한 한 완전히 성숙한 판단을 가지고 선택하는 것이 중요하다. 그럼에도 불구하고 우리가 오류를 범한다면 정당한 의미에서 우리들은 보복당할 수는 없다. 우리에게는 과실이 없기 때문이다. 이것이 나를 보존하는 기초 역할을 하는 확고부동한 원칙이다.

나의 괴로운 탐구 결과는 그 대중을 그 후에 ≪사브와의 조임사제(助任司祭)의 신앙에 대한 고백≫ 속에 기술하였다.

현대 사람들에 의해서 부당하게도 더럽혀지고 모멸받은 작품이지만 어느 날 인간들 사이에서 양식과 건전한 신앙이 되살아난다면, 거기에 혁명이 일어날 수도 있다.

그때부터 그렇게도 오랜, 매우 곰곰이 생각한 명상속에서 내가 취한 원칙에 조용히 머무르게 된 나는 그것을 가지고 나의 행동과 신앙의 움직일 수 없는 기준으로 하여 그때까지 해결되지 않았던 이의에도, 그리고 예견할 수 없이 이따금 나의 정신에 새로 제기되곤 하는 이의에도 나는 불안을 느끼지 않게 되었다. 그 이의들은 가끔 나를 불안하게 만들었다. 그러나 그것들이 결코 나의 확신을 흔들지는 못했다.

나는 항상 마음속으로 이렇게 생각했다. 즉 그 모든 것은 궤변이나 형이상학적인 교활에 불과한 것인데, 그

것을 나의 이성이 받아들이고 심정이 확인하며 또한 모
든 것은 정념의 침묵 속에서 내심의 찬동을 받은 표적
이 있는 기본적인 원칙들에 비한다면 아무것도 아닌 것
이다.

인간의 오성을 훨씬 초월하는 문제에 있어서, 내가
해결할 수 없던 하나의 이의가 그다지도 강경하고 확실
히 결합된 체계를 그다지도 많은 명상과 배려로 이룩되
어 나의 이성, 나의 심정, 나의 전 존재에 적합하게 들
어맞고, 모든 다른 교설(敎設)에는 없는 것처럼 나에게
느껴지는 내심의 찬동에 의해서 확고해지고 있는 교설
의 전 체계를 한꺼번에 뒤집어 버릴 수 있단 말인가?
아니다. 허황된 논법은 나의 불멸의 천성과 이 세계의
구조와, 그것을 지배한다고 내가 보고 있는 자연의 질
서 사이에서 발견되는 융합을 결코 파괴할 수 없을 것
이다. 이것과 상통하는 도덕적 질서, 그 체계는 나의 탐
구의 결과인데, 그 질서 속에서 나는 나의 비참한 생활
을 지탱하기에 필요한 지주를 발견한다. 기타의 모든
체계 속에서도 나는 구원도 희망도 없이 죽어갈 것이
다. 나는 피조물 중에서 가장 불행한 존재가 될 것이다.
그러므로 운명이나 인간에 개의치 않고 나를 행복하도
록 해주기에 충분한 유일한 체계에 집착하자.

이러한 토론과 거기에서 내가 내린 결론은 나를 기다

리고 있었던 운명에 대해서 나를 준비시키고, 그것을
내가 견딜 수 있도록 해주기 위하여, 하나님 자신에 의
해서 구술로 기록된 것 같지 않은가? 나를 기다리고 있
었던 그 무서운 번민 속에서, 나의 여생 동안 내가 떨
어지게 된 믿을 수 없는 상태 속에서 나는 어떻게 되었
을 것인가? 그리고 또 나는 어떻게 될 것인가? 만약 누
그러뜨릴 수 없는 나의 적들에게서 헤어날 피난처도 없
이, 이 세상에서 그들이 나의 치욕을 씻어 준다는 보장
도 없이, 또 당연히 내가 받을 자격 있는 정당한 심판
을 가질 희망도 없이, 지상에서 어떤 인간도 체험하지
못한 그 무서운 운명에 내가 완전히 빠져 버린다면 어
떻게 될 것인가? 한편, 어떤 사념(邪念)도 없이 고요하
게 사람들이 나 자신에 대하여 존경과 호의를 가졌다고
만 생각하고 있을 때, 개방적이고 신뢰하기 쉬운 나의
마음이 친구들이나 동포들에게 심정을 토로하고 있을
때, 배반자들은 지옥의 밑바닥에서 달아진 쇠올가미로
말없이 나를 얽어매 버리는 것이었다. 불행치고는 정말
의외의 불행이고, 마음속에 자존심에 찬 영혼을 가진
자에게 있어서는 가장 무서운 일에 급습을 당하여 진흙
속에 끌려 다니면서도 그것이 누구의 짓인지, 무엇 때
문인지도 결코 알지 못한 채 치욕의 구덩이에 빠지고,
무서운 암흑에 둘러싸여, 그 속에 보이는 것이란 불길

한 것들 뿐, 이러한 최초의 습격으로 나는 얼이 빠지고
말았다. 그리고 만약 내가 미리 전략에서 재기할 힘을
마련해 놓지 않았더라면 나는 그런 종류의 예기치 않았
던 불행이 나에게 준 타격으로부터 결코 벗어날 수 없
었을 것이다.

마침내 내가 정신을 차리고, 나 자신을 반성하기 시
작함으로써 역경 때문에 마련해 놓았던 구원의 가치를
몇 년 동안 동요를 거친 뒤 비로소 알아냈던 것이다.
내가 판단을 내려야 할 모든 일에 결단을 내린 내가,
나의 방침을 나의 입장과 비교함으로써 나는 사람들의
철없는 생각이나 짧은 이 세상살이의 사소한 사건에 사
실 이상으로 큰 의의를 부여하고 있다는 것을 알았다.
이 세상살이가 시련의 상태에 불과하다면, 그 시련이
어떻게 행하여지는가가 중요한 것이 아니라, 다만 그것
을 목적으로 하는 효과를 얻을 수만 있으면 된다. 따라
서 그 시련이 크고 강하고 중복되면, 그것을 견디는 일
은 그만큼 이로워진다는 것을 알았다. 가장 극심한 고
통들은 모름지기 그 고통 속에서 크고 확실한 보상을
체험하는 자에게 있어서는 그 힘을 잃고 만다. 그리고
그 보상에 대한 확신이야말로 앞서의 나의 명상에서 끌
어낸 중요한 결과였다.

사실 수많은 모욕과 무한히 비열한 행동을 이곳 저곳

에서 받아 억압감을 느꼈던 그러한 환경에서 이따금 불
안과 의심이 얼마 동안 계속된 일도 있어, 그것이 나의
희망을 흔들고 나의 평화를 방해하곤 했다. 그럴 때면
으레 내가 해결할 수 없는 강력한 이의가 보다 유력하
게 나의 정신에 나타나서 나의 운명의 무게가 과중하여
그만 실망하는 순간 구체적으로 나를 쓰러뜨리고야 마
는 것이었다. 내가 가끔 듣는 새로운 논의가 머릿속에
떠올라서, 이미 나를 괴롭히고 있었던 것에 편을 들곤
했다. 그럴 때면 나는 숨이 막힐 정도로 가슴이 조여서
마음속으로 이렇게 생각하는 것이었다. 아! 누가 이 절
망으로부터 나를 구해내 줄 것인가? 가령, 나의 운명의
짓궂음 속에서, 이성이 제공해 준 위안 속에서 이제는
환영밖에 보이는 것이 없다면 말이다. 이와 같이 자기
자신의 일을 파괴함으로써 이성이 역경에 대비해서 나
를 위해 준비해 준 희망과 확신의 지주들을 온통 뒤엎
어 버린다면 말이다. 이 세상에서 나 혼자만을 위로해
주는 환상이 무슨 소용이 있겠는가? 현대의 모든 사람
들은 나 혼자만이 마음의 양식으로 삼고 있는 그러한
사고로는 오류와 편견만을 볼 뿐이다. 현대인은 내것과
는 반대되는 체계 속에서 진리와 확증을 발견하고 있
다. 그들은 내가 나의 체계를 성의를 가지고 받아들이
고 있다는 것조차도 믿을 수 없는 모양이다. 그런데 나

자신은 온갖 의지력을 거기에 쏟으면서도 나로서 해결이 불가능하면서도 내가 고집하지 않을 수 없고 극복할 수 없는 곤란한 점을 거기에서 발견한다. 대체 인간 중에서 나만이 현명하고, 나만이 지혜로운 자일까?

사물은 그러하다고 믿기 위해서 그 사물이 나에게 편리하다는 것만으로 충분할까? 다른 사람의 눈으로 볼 때에, 조금도 공고(鞏固)한 것처럼 보이지 않고 나 자신에게 있어서도 심정이 이성을 지지하지 않으면 허황되게 보일지도 모를 표면적인 것에 신뢰를 가져서 될까? 헛된 방침에 얽매여 적들의 공격을 받으면서도 행동으로 그것을 물리치지 않느니보다는, 그들의 방침을 받아들여서 동등한 무기를 가지고 싸우는 편이 더 낫지나 않았을까? 나는 스스로 현명하다고 생각하고 있지만, 사실은 나는 헛된 오산을 한 속은 자이고 희생자이며 수난자에 불과하다.

그러한 의혹과 불신의 순간, 몇 번이나 나는 절망에 빠질 뻔했던가! 만약 그러한 상태 속에서 꼬박 한 달을 보냈다면, 나의 생활도 나 자신도 끝장을 보았을 것이다. 그러나 그러한 위기가 예전에는 상당히 자주 닥쳐왔지만 언제나 짧았었다. 그리고 현재까지 아직 완전히 해방되지는 않았지만, 그것은 아주 드물고 짧아서 나의 휴식을 방해할 힘조차도 없다. 그것은 가벼운 불

안의 기분으로서 시냇물에 떨어진 한 낱의 새털이 물의
흐름을 흐리게 만드는 정도 이상으로 내 영혼에 영향을
미치지는 못한다. 이미 그것에 대한 내 태도를 결정해
버린 문제를 다시 검토하려면, 탐구하고 있었을 때보다
더 새로운 지식이나, 보다 확고한 판단이나, 진리에 대
한 보다 강한 열의를 가지고 있는 것을 상상해야 한다
고 나는 느꼈다. 그런데 그런 경우가 내게는 한 번도
없었고 또 있을 수도 없는 것이므로 나는 나의 장년기
에 정신적으로 완전히 성숙했을 때 철저한 검토를 거
쳐, 평온한 생활 속에서 진리를 알고자 하는 것만이 중
요한 관심사이고 그 외에 관심이라고는 돌보지도 않았
던 시대에 받아들였던 생각을 버리고, 현재 절망에서
허덕이고 있을 때 나의 비참한 상태에 박차를 가하는
의견을 받아들이고자 하는 데에도 아무런 확고한 이유
가 없었다. 내 마음은 슬픔으로 조여지고, 영혼은 근심
으로 의기소침하고, 상상은 겁이 나고, 머리는 나를 둘
러싸고 있는 여러 가지 무시무시한 신비로운 일에 시달
린 지금, 모든 기능이 노령과 고뇌 때문에 쇠약해져 모
든 힘을 잃어버린 지금, 내가 준비해 놓은 모든 구원을
모두 나에게서 즐겨 빼앗아 버린다든가, 부당하게 내가
견디고 있는 불행을 보상해 주는 왕성하고 불굴한 나의
이성에의 신뢰를 버리고, 이유도 없이 나를 불행하게

만들기 위해 쇠약해지는 나의 이성을 나는 더이상 믿으려 하고 있는 것일까? 아니다. 나는 중대한 문제들에 대해서 결정을 내렸던 그때보다 더 현명하지도 못하고 더 배우지도 못하고 더 깊은 신앙을 갖고 있지도 않다. 내가 지금 시달리고 있는 곤란한 일을 그때 몰랐던 것은 아니다. 그것들은 나에게 방해가 되지는 않았으며 가령 사람들이 전에는 생각도 해보지 못한 새로운 곤란이 나타났다 하더라도, 그것은 미소한 형이상학의 궤변이며, 모든 시대에 있어서 모든 현인들에게 용납되고, 모든 국민들에게 인정받고 소멸될 수 없는 글씨로 인류의 마음에 새겨져 있는 영원한 진리를 동요시킬 수는 없는 것이다. 나는 그러한 문제들을 심사숙고함으로써 인간의 오성은 관능에 의해서 제한을 받고 있어 그것들을 전폭적으로 포용할 수 없다는 것을 알았다. 그래서 나는 내 힘 자라는 범위에 머물러서 그것을 넘어서는 데에는 개입하지 않기로 했다. 그 방침은 온당했으며 나는 그러한 입장을 취했다. 그리고 나의 심정과 이성의 찬동을 얻어서 거기에 나 자신을 한정시켰다. 여러 가지 강력한 동기에 의해서 거기에 매여 있어야만 하는 오늘, 나는 어떠한 근거로 그러기를 단념해야 할 것인가? 그러기를 계속하는 데는 어떠한 위험이 따른단 말인가? 그것을 포기함으로써 어떤 이익을 얻을 수 있는

가? 적들의 교설을 따라가는 동시에 그들의 도덕을 나는 따라야만 하나? 책 속에서나 어떤 무대 위에서의 과장된 연기에서 화려하게 늘어놓기는 해도 심정이나 이성에는 조금도 호소하지 못하는, 뿌리도 없고 열매도 없는 그들의 도덕을 말이다. 혹은 그들의 모든 추종자들의 내적인 교설로 되어 있어 거기에 대해서 다른 것은 가면 역할을 하는 데 불과하며, 그 행위에 있어서는 오직 그것을 신용하고 나에 대해서는 그렇게도 교묘하게 실천한 그 비밀의 잔인한 도덕을 따라야 하나? 그 도덕은 순전히 공격적인 것이고, 방어에는 아무 쓸모가 없으며 침해에만 좋은 것이다. 그들이 나를 빠뜨린 상태에 있어서 그것은 무슨 쓸모가 있단 말인가? 나의 결백함만이 불행 속에 있는 나를 뒷받침해 준다. 만약 그 유일하면서도 강력한 구원을 빼앗김으로써 그것을 악으로 대치한다면 그것은 나를 얼마나 더 불행하게 만들 것인가? 남을 해치는 기술에 있어서 나는 그들의 수준까지 다다를 수 있을 것인가? 그리고 내가 비록 그것에 성공했다손치더라도 내가 그들에게 줄 수 있는 그 불행이 내가 겪고 있는 불행을 가볍게 해줄 수 있단 말인가? 나는 자존심을 잃어버릴 것이고, 그 대신에 얻는 것은 아무것도 없을 것이다.

이와 같이 나 자신과 토론하면서 머리에 미치는 입론

(立論)에도, 해결할 수 없는 이의에도, 또 나의 능력을
초월하며 아마도 인간 정신의 능력을 초월하는 곤란한
일에도 나의 원칙이 흔들리지 않을 수 있게 되었다. 나
의 정신은 내가 거기에 부여할 수 있는 한의 강고(强
固)한 기반에 머물러서, 양심의 보호를 받으며 거기에
안정하게 되는 습관을 가졌고, 옛것이건 새것이건간에
어떠한 낯선 교설도 더이상 그것을 움직일 수 없고, 순
간이나마 나의 평화를 어지럽히지는 못했다. 정신이 피
로하고 둔해진 나는 어떠한 추론에 의해서 나의 신념과
방침을 세웠는지도 잊어버렸다. 그러나 나는 양심과 이
성의 찬동을 받아, 거기에서 끌어낸 결론, 앞으로 내가
지켜 나갈 그 결론을 결코 잊을 수는 없다. 모든 철학
자들이 와서 트집을 잡는다. 그들은 시간과 노력을 허
비할 따름이다. 나의 여생 동안 무슨 일에 있어서나 나
는 지금보다 현명한 선택을 할 수 있는 때 내가 택한
편에 집착한다.

　이러한 태도에 안주하게 된 나는 나 자신에 만족하
여, 나의 입장에 필요한 희망과 위안을 발견하고 있다.
이처럼 완전하고 영원한 그것만으로 그렇게도 비참한
고독한 생활, 현대인이 가지고 있는 항상 예민하고 항
상 왕성한 적의, 그들이 끊임없이 나에게 퍼붓는 치욕,
그러한 것이 가끔 나를 낙담시킨다. 흔들린 희망, 용기

를 잃은 의심이 아직도 가끔 나의 영혼을 괴롭히고 나
의 슬픔을 가득 채우기 위해서 나타난다. 그럴 때, 나
자신을 안심시키기 위해서 필요한 정신의 조작을 모르
는 나는 옛 결심을 상기할 필요가 있다. 그렇게 결심했
을 때 내가 쏟은 배려·조심성, 진지한 마음이 다시 내
가슴에 되살아나서 나의 확신을 전부 찾게 해준다. 이
렇게 하여 나는 새로운 사상을 사람을 미혹(迷惑)하는
외관을 가졌을 뿐이며 나의 휴식을 채워 주는 데 불과
한 역겨운 오류로서 배격하는 것이다.

이처럼 좁은 나의 옛 지식의 범위 안에 얽매여 있는
나는 솔롱처럼 늙어 가면서 매일 배울 수 있는 행복을
갖지는 못했다. 그뿐만 아니라 앞으로 나는 내가 충분
히 알기에는 거리가 먼 것을 배우겠다는 위험한 자부심
을 갖지 않도록 해야겠다. 그러나 나에게는 유용한 지
식이라는 면에 있어서 기대할 것이 거의 없지만 나의
입장에서 필요한 품성 면에서는 아주 중요한 것이 남아
있다. 그 방면에 있어서야말로 나의 영혼이 끌어낼 수
있는 것을 가지고 나의 영혼을 풍부하게 하며 장식해야
할 때다. 그것은 영혼을 어둡게 하고 맹목적으로 만드
는 육체에서 영혼이 해방되어 구름으로 가려져 있지 않
은 진리를 봄으로써 우리의 가짜 학자님들이 그리도 헛
되이 자랑하는 모든 지식의 비참함을 알게 될 때, 그

영혼은 그것을 얻으려고 이 세상에서 허송한 시간을 생각하고 신음 소리를 발할 것이다. 그러나 인내·애정·체념·공명·정대, 편견 없는 정의, 이런 것은 자기와 더불어 가지고 갈 수 있는 하나의 재산이며, 그것을 가지고 사람은 항상 자기를 풍부하게 만들 수 있고 죽음조차도 우리에게서 그것의 가치를 잃어버리게 할 염려가 없다. 내가 노년기의 나머지를 바치는 것이 바로 이러한 유일하고 유효한 연구에 대해서이다. 나 자신에 관한 일로 진보함으로써, 보다 낫게라고는 못하지만—그것은 불가능한 일이기 때문이다.—내가 인생에 발을 들여 놓았을 때보다 더한 덕성을 가지고 인생을 떠나는 것을 배운다면 얼마나 나는 행복할까!

제4의 산책

지금까지도 때때로 읽는 몇 권의 책 중에서, 플루타르코스는 가장 내 마음을 끌고 나에게 이득이 되는 책이다. 그것은 나의 유년 시절 최초의 독서였고 또 나의 노년기의 마지막 독서가 될 것이다. 그것은 아마도 읽으면 꼭 얻는 바가 있는 유일한 저서일 것이다. 그저께 그의 ≪윤리론집(倫理論集)≫ 속에서 〈어떻게 하면 자기의 적에게서 유익한 것을 끌어낼 수 있을까?〉 라는 논문을 읽었다. 바로 그날 저술가들이 보내 준 몇몇 책자들을 정리하다가, 나는 르와유 신부의 잡지 중 하나를 보았더니, 거기에 그는 '진실 때문에 몸을 바치는 사람에게, 르와유'라는 말을 써 놓았다. 그런 것에 속기에는 그런 분들의 말투에 너무나 익숙해 있는 나는 그가 그러한 예의 바른 표현 밑에 잔인한 반어를 나에게 던지려고 했다는 것을 알았다. 그러나 무엇에 근거를 둔 것일까? 왜 그런 야유를 했을까? 내가 무슨 그럴 만한 계기를 주었단 말인가? 플루타르코스의 교훈을 인용해서 그 이튿날의 산책은 거짓에 대한 검토에 충당하기로 결심했다. 그리고 나는 그것을 실행에 옮겨, 저 델프 사

원의 '너 자신을 알라'라는 말은 ≪참회록≫을 썼을 때
내가 생각하고 있던 것처럼 실행하기 쉬운 격언이 아니
라는 이미 결정된 의견에 더욱 짙은 확신을 느꼈다.

　이튿날 그 결심을 실행하기 위해서 걸음을 옮기며 우
선 명상을 시작했는데 나의 머릿속에 떠오른 최초의 생
각은 젊었을 때 내가 한 무서운 거짓말들이었다. 그 기
억은 평생토록 나를 괴롭혔으며 노년기에까지 이미 다
른 수고 때문에 슬퍼진 나의 마음에 아직도 괴롭게 되
살아났다. 생각만 해도 커다란 죄악인 그 거짓말은 결
과로 말하면 보다 더 큰 죄악이었을 것이다. 그 결과를
늘 몰랐었지만, 자책의 느낌은 가능한 한 잔인한 결과
를 나로 하여금 느끼게 했다. 그러나 내가 거짓말을 했
을 때의 나의 기분만을 따져 본다면 그 거짓말은 그릇
된 수치심의 결과에 불과했고, 그것에 희생된 사람에게
해를 끼치려는 의도에서 나타난 것과는 무척 거리가 멀
며, 극복할 수 없는 수치심이 나를 휘어잡았던 바로 그
순간에 그 결과를 오직 나에게로만 돌리기 위해서 나는
기꺼이 피를 전부 쏟을 수도 있었다는 것을 하늘에 맹
세할 수 있다. 그것은 일종의 착란 상태였는데 그 순간
나의 천성적인 소심은 심정의 모든 소원을 정복한 것이
라는 생각이 든다고 밖에는 설명할 도리가 없다.

　그 역겨운 행위와 그 행위가 나에게 남긴 지울 수 없

는 후회는 거짓말에 대해서 일종의 공포를 불어넣어 주
었고, 그 공포는 그 후 나의 여생에 있어서 그 악덕에
서 나의 마음을 보호해 주어야만 했었다. 그 금언을 내
가 취하자 나는 거기에 자격이 있게 태어났다고 생각하
였다. 그리고 르와유 신부의 말을 계기로 내가 보다 진
지하게 검토를 시작했을 때에도 내가 자격이 있다는 것
을 추호도 의심하지 않았었다.

그래서 보다 더 샅샅이 내 자신을 살펴봄으로써 나의
진리에 대한 사랑을 내심 자랑스럽게 여기고, 인간 속
에서 어떠한 다른 예를 보지 못한 공평한 태도로써 진
리를 위하여 나의 안전, 나의 이해 관계, 나의 인격을
희생시키고 있었을 때와 같은 시기에 내가 꾸며낸 이야
기를 사실처럼 사람들에게 이야기하곤 했던 수많은 일
을 상기하고 나 자신 놀랐다.

가장 놀라웠던 일은 그러한 날조된 사실들이 나의 머
릿속에 생각이 나는데도 나는 아무런 참된 후회를 하지
않는다는 사실이었다. 허위에 대한 증오감은 그 어느것
으로도 약화되는 일이 없는 나, 거짓말을 해서 고역을
당해야 한다면 그 고역도 감수하겠다던 내가 그렇게 쉽
사리, 필요없이, 아무런 이득도 되지 않는데 거짓말을
했다는 것은 그 얼마나 야릇한 자가당착인가? 그리고
거기에 대해서 조금도 후회하지 않는다는 것은 한 가지

거짓말에 대해서 50년 동안이나 괴로워해 온 나로서
얼마나 알 수 없는 모순인가? 나는 과오를 범하고 그
과오에 대해서 철면피한 적은 절대로 없다. 도덕 본능
은 언제나 나를 잘 인도해 주었으며 나의 양심은 초지
일관한 공명 정대성을 간직하고 있었다. 그리고 비록
이해 관계에 굴복해서 양심이 흐려지는 일과 인간이 자
기의 정념에 못 이기는 일이 있더라도, 적어도 그 약점
을 변명할 수 있는 기회에도 올바름을 여전히 간직하여
왔는데, 이해를 초월한 악덕으로 조금도 변명을 할 수
조차 없는 경우에 어떻게 내가 양심을 잃어버릴 수 있
을까? 나는 이 문제의 해결은 나 자신에게 부여해야 할
판단의 공정에 달려 있다고 보았다. 그리고 그것을 충
분히 검토한 연후에 어떠한 방법으로 나 자신에게 설명
할 수 있었는가는 다음과 같다.

　나는 어떤 철학 서적 속에서 거짓말을 한다는 것은
발표해야 할 진실을 숨기는 짓이라고 써 있는 것을 읽
은 기억이 난다. 이 정의에 따르면, 말할 필요가 없는
진실을 말 안하는 것은 거짓말이 안 된다. 그러나 이런
경우 진실을 말하지 않고 그 반대를 말한다면 거짓말을
하는 것이 될까? 불연(不然)이면 거짓말을 안하는 것이
될까? 그 정의에 따른다면 거짓말을 한다고는 말할 수
없다. 왜냐하면 빚이 없는 사람에게 위폐(僞幣)를 준다

면 아마도 그 사람을 속이는 것이 될지는 모르지만 그 사람에게서 도둑질을 하는 것은 아니기 때문이다.

여기에 검토해 보아야 할 두 가지 문제가 생긴다. 둘 다 매우 중요하다. 첫째 문제는 언제 어떻게 타인에게 진실을 말해야 하는가인데, 그 이유는 줄곧 그래야 하는 것은 아니기 때문이다. 둘째 문제는 죄가 안 되게 사람을 속이는 경우가 있는가 없는가이다. 이 두번째 문제는 매우 뚜렷하다. 나는 그것을 알고 있다. 필자에게는 가장 엄혹(嚴惑)한 도덕도 아무 가치 없는 책들에서는 부정적이라는 것과, 책 속의 도덕은 실행 불가능한 요설(饒舌)로 통하는 사회에서는 긍정적이라는 것을 말이다. 그러므로 서로 모순되는 그 권위들을 내버려두고 나 자신의 원칙에 입각하여, 나 자신을 위해서 이 문제를 해결해 보자.

보편적이고 추상적인 진리는 가장 유익한 것 중에서도 가장 귀중하다. 그것이 없다면 인간은 맹목이다. 그 진리는 이성의 눈인 것이다. 사람이 언행을 배우고, 어떻게 존재해야 하는가, 무엇을 해야 하는가, 어떻게 그 참다운 목적에 도달하는가를 배우는 것은 바로 그것에 의해서이다. 특수하고 개별적인 진리는 항상 좋은 것은 못 된다. 그것은 간혹 해로울 수도 있고, 흔히는 무해무득하다. 어떤 사람들에게는 아는 것이 중요하고, 그 사

람의 행복을 위해서 그것을 아는 것이 필요하다는 일들
은 아마 흔하지는 않을 것이다. 그러나 그러한 진리가
많든 적든간에, 그것들은 그 사람에게 속하는 재산이어
서 그는 그것을 요구할 권리가 있으며, 만약 누가 그에
게서 그것을 빼앗아 간다면 모든 도둑질 중에서도 가장
나쁜 도둑질을 하는 것이다. 왜냐하면 그것은 모든 사
람의 공동 재산이어서, 그것을 타인에게 전해도 전한
사람은 그것을 잃어버리는 것이 아니기 때문이다.

　지식이나 실천면에 있어서라도 어떠한 종류의 유용성
도 가지고 있지 않은 진리를, 그것이 그렇게 좋지 않은
것인데 어째서 그것을 사람에게 말할 필요가 있을까?
그리고 소유라는 것은 효용의 바탕 없이는 무용지물이
므로, 전혀 효용이 없는 곳에 소유라는 개념은 있을 수
없다. 토지는 그것이 비록 불모의 토지일지라도 요구할
수가 있다. 왜냐하면 적어도 그 위에서 살 수 있기 때
문이다. 그러나 쓸데없고, 모든 사람에게 무해무득하고
아무 결과 없는 사실은 사실이든 거짓말이든간에 그것
은 누구의 흥미도 끌지 못한다. 도덕의 영역에 있는 것
은 자연의 영역에 있는 것이나 마찬가지로 어떤 것이든
쓸모 없는 것이라고는 없다. 무엇에도 필요 없는 것에
는 아무것도 치를 가치가 없다. 어떤 것이 값을 가지려
면 그것이 유용하든가 혹은 유용할 수 있어야 한다. 그

러므로 사람에게 말할 필요가 있는 진리란 정의에 관련
되는 진리를 말하며, 그 존재가 모든 사람에게 무관심
한 것, 그 인식이 아무 쓸모 없는 허황된 사실에 진리
라는 말을 적용시킴은 그 성스러운 명칭을 더럽히는 것
이다. 온갖 유용성 혹은 효용의 가능성조차 없는 진리
를 따라서 누구에게 말할 만한 것도 못 되고 결과적으
로 그것을 말하지 않거나 또는 그것을 숨기는 사람도
아무 거짓말을 안하는 셈이 된다.

　진실한 것을 말하지 않는다는 사실과 그릇된 것을 말
한다는 사실은 매우 다르지만, 거기에서 같은 효과가
생길 수 있다. 왜냐하면 그 효과가 아무것도 아닌 경우
에 결과는 매번 영락없이 같아지기 때문이다. 진리가
무해무득한 것이면 어디서든 그것에 대한 오류도 역시
무해무득한 것이 된다. 그러므로 그런 경우에 진리와
반대되는 것을 말함으로써 사람을 속이는 자는 진리를
말하지 않음으로써 속이는 자보다 더 옳지 못하다고는
할 수 없다. 이유는 무익한 진리에 있어서는 오류가 무
지보다 더 나쁠 것이 조금도 없기 때문이다. 내가 바다
밑바닥에 있는 모래가 희다고 생각하든 또는 붉다고 생
각하든간에, 그것은 모래의 빛깔이 어떤 것인지 모르는
것과 마찬가지로 나에게는 아무런 중요성이 없기 때문
이다. 아무에게도 해를 끼치지 않는데 어찌 부정하다고

할 수 있을까? 부정이란 타인에게 손해를 끼치는 데서 성립되는 말이다.

그러나 이러한 문제들은 이처럼 간략하게 해결되어도, 나는 아직 정확하게 실천에 옮기는 수단이 전혀 없기 때문에, 발생할 수 있는 모든 경우에 올바르게 옮기기 위해서 필요한 수많은 예비적인 해명이 있어야만 한다. 왜냐하면 진리를 말하는 의무는 진리의 유용성에만 입각하고 있다고 해도 어떻게 내가 그 유용성의 판정인이 될 수 있을까? 어떤 사람의 이익이 다른 사람의 손해가 되는 일이 흔히 있으며, 개인의 이해는 거의 언제나 공공의 이해와 대립되어 있다. 이러한 경우에 어떻게 하면 좋을까? 사람이 말을 하는 상대방의 이익을 위해서 그 자리에 없는 사람의 이익을 희생시켜야 할까? 어떤 사람에겐 이롭고, 다른 사람에게는 해로운 진리는 말하지 않아야 되나, 혹은 말해야 하나? 사람이 말해야 할 것을 전부 공공의 이익이라는 유일한 저울에다 달아야만 하나, 혹은 개별적인 정의의 저울에 달아야 하나? 그리고 내가 가지고 있는 지식을 공평무사의 원칙에 의해서만 사용할 수 있도록 모든 사람의 관계를 충분히 알고 있다는 확신을 나는 가질 수 있을까? 게다가 타인에 대한 의무를 검토하면서 나는 나 자신에 대한 의무나 진리 자체에 대한 의무를 충분히 검토했었나? 비록 타인을 속임으로써 그 사람에게는 아무 손해를 입히지 않는다 하더라도, 그것이 나에게 해를 끼치지 않는다고 할 수 있을까? 그리고 항상 결백하려면 결코 부정하지 않다는 것만으로 충분할까?

여러 차례의 번거로운 토론은 다음과 같이 말함으로써 쉽게 해결할 수 있다. 즉 항상 참되자, 그것 때문에 생길 수 있는 모든 일을 무릅쓰고라도…… 정의 그 자체가 사물의 진리 속에 있다. 사람이 하여야 하고, 혹은 믿어야 할 원칙에 맞지 않는 것을 가르칠 때, 거짓말은 항상 부정한 행위이며 오류는 항상 사기 행위이다. 그리고 진리로부터 어떠한 결과가 생겨난다 하더라도 진리를 말했을 때 사람에게는 언제나 죄가 없다. 왜냐하면 그 사람은 조금도 거기에 자기의 의견을 첨가하지 않았으니 말이다.

그러나 그렇게 하면 문제를 해결하지 않고 처리해 버리는 셈이 된다. 문제는 진리를 항상 말하는 것이 좋은가, 어떤가에 달려 있는 것이 아니라 언제나 사람은 그처럼 해야만 되는가, 그리고 내가 검토했었던 정의에 입각해서 그것을 아니라고 가정하고, 진리가 엄격하게 요구되는 경우와 그것을 말하지 않아도 부정이 되지 않고 속여도 거짓말이 되지 않는 경우를 구별하는 것이 문제이다. 나는 후자의 경우가 현실적으로 실재하는 것을 발견했기 때문이다. 그러므로 문제되는 것은 그런 경우를 인식하고, 충분히 그런 경우를 규정하기 위한 원칙을 찾아내는 일이다.

그러나 어디에서 그 원칙과 그 원칙의 틀림없는 확증을 끌어낼 수 있을까? 이와 같은 어려운 도덕적인 문제들에서 나는 언제나 이성의 빛에 의해서보다는, 차라리 계시에 의해서 그것을 해결하는 편이 더 나았었다. 도덕적인 본능은 결코 나를 속인 일이 없다. 그것은 오늘날까지 그 순결성을 잃지 않고 내 마음속에 깃들어 있다. 그러니만큼 나는 그것을 믿을 수 있다. 그리고 비록 나의 행동에 있어서 때로 그것이 나의 정열 앞에서 입을 다무는 일이 있으나, 나의 기억 속에서는 나의 정열을 지배하고 있다. 그때 나는 현세의 삶 이후에 오는 지고의 심판자에게 받을 심판만큼이나 엄격할지도 모르는 태도로 나 자신을 심판하는 것이다.

사람들의 말을 가지고 그 말이 만들어 내는 결과에 의해서 판단하면 때때로 그것을 잘못 평가하게 된다. 그 결과는 항상 뚜렷하지가 못하며, 쉽사리 알 수 있는 것도 아닐 뿐더러 그 말이 말해졌을 때의 상황에 따라서 무한히 변한다. 그러나 사람의 말을 평가하고 그 악의 또는 선의의 정도를 결정하는 것은 결과가 아니라 오직 그 말을 하는 사람의 의도에 따른다. 잘못 말한다는 것이 거짓말하는 것이 된다는 것은 오직 사람을 속이려는 의도가 있을 때문인 바, 사람을 속이려는 의도 그 자체도 항상 사람에게 해를 끼치겠다는 의도와 일치되지는 않으며 때로는 전혀 반대 목적을 가지고 있다. 그러나 거짓말을 죄 없는 것으로 만들려면 해를 끼치려는 의도가 없음이 명시되는 것만으로는 불충분하며 더 나아가 말 상대되는 사람들에게 미치는 오류가 그 사람들이나 다른 누구에게도 어떤 의미에서도 해를 끼치지 않는다는 확신이 필요하다. 그러한 확신을 사람이 갖는다는 것은 드물며 어려운 일이다. 그러므로 거짓말을 완전히 죄 없다고 하기는 어려우며 드문 일이다. 자기 자신의 이익을 위해서 거짓말을 하는 것은 사기 행위이고, 타인의 이익을 위해서 거짓말을 하는 것은 기만이며, 타인을 해치기 위해서 거짓말을 하는 것은 중상인데, 그것이 가장 질 나쁜 거짓말이다. 아무 이익도 없고, 자기나 타인에 대해서 손해도 끼치지 않는 것은 거짓말이 아니라 하나의 가공의 이야기다.

　도덕적인 목적을 가진 가공의 이야기는 훈담(訓譚)이라든가 우화(寓話)라고 불린다. 그런데 그 목적은 다만 유익한 진리를 알기 쉽게 재미있는 형식 속에 내포하며 또는 내포되어야 하므로, 이러한 경우에는 진리에 입힐 옷에 불과한 사실의 거짓을 감추려고는 생각하지 않고,

우화를 우화로서만 이야기한다는 것은 어떤 의미에서도 거짓말하는 것은 아니다.

그 외에도 순전히 한가한 데서 오는 가공의 이야기― 이를테면 대부분의 콩트나 소설―들엔 진지한 교훈이라고는 전혀 없으며 흥미만이 목적이다. 그런 것들은 도덕적인 유용성이 전혀 없어서 만들어 내는 사람의 의도 여하에 따라서 평가되는 수밖에 없다. 그래서 작자가 정말로 진실이라고 강조하면서 그것을 말할 때, 사람들은 그것들이 진짜 거짓말이라고 부정할 수 없다. 그러나 그러한 거짓말에 대해서 엄청나게 조심한 사람이 누구이며, 그것을 만든 사람에게 엄중한 비난을 퍼부은 사람이 누구란 말인가? 예를 들어서 비록 ≪그니드의 사원≫ 가운데 약간의 도덕적인 목적이 있다 하더라도, 그 목적은 쾌락에 치중한 상술(詳述)이나 음탕한 묘사 때문에 아주 언짢게 되어버렸고 망쳐졌다. 작자는 겸손의 가면으로 그것을 가리기 위해서 어떻게 했는가? 그는 그 작품이 그리스어 원서의 번역인 양 속여 가능한 한 독자로 하여금 이야기의 진실성을 믿게 할 만한 수법으로 원서의 발견 경과를 써 놓았다. 만약 이것이 정말로 적극적인 거짓말이 아니라면 거짓말이 대체 어떤 것인가를 누가 나에게 좀 말해 줄 수 없을까? 그러나 작자에게 그런 거짓말을 했다고 책망하고, 작자를 사기

꾼 취급 하려는 사람이 누가 있단 말인가?

　그것은 농담에 불과하다고 작자가 아무리 주장하여
도, 그것을 어느 누구로 하여금 믿게 할 생각은 아니었
다. 그리고 사실 아무도 그것에 설득당한 사람도 없다.
자신이 번역자라고 말하는 그 그리스 작품의 작자는 사
실은 그 자신이라는 것을 사람들이 믿어 의심치 않았다
고 말하더라도 그것은 허사다. 내 대답은 이렇다. 그러
한 농은 아무런 목적이 없었다면 그야말로 어리석은 어
린애 장난에 불과하다. 비록 사람을 납득시키지 못한다
하더라도, 그렇게 주장하고 있는 한 거짓말쟁이는 여전
히 거짓말을 하고 있는 셈이다. 교양있는 대중은 단순
하고 순진한 많은 독자들에게서 제외될 필요가 있다.
위엄 있는 작자의 점잖은 태도로 씌어진 그리스 원서의
고서는 사실 그들을 속였고, 또한 그들은 현대식의 병
에 넣어서 내놓았다면 적어도 마시지 않았을 독주를,
구식 잔에 들어 있었기 때문에 아무 두려움 없이 마셔
버린 것이다.

　이러한 구별은 서적 속에 나타나건 안 나타나건간에
자기에 대해서 성실한 모든 인간, 양심의 비난을 받을
일이라고는 전혀 자신에게 용납하지 않는 모든 인간의
마음속에서 절로 생긴다. 왜냐하면 자기의 이익이 되는
거짓말을 하는 것은 남에게 손해가 되도록 거짓말하는

것과 비록 그 죄는 가벼울지언정 별다를 바가 없는 거
짓말이기 때문이다. 이익을 받을 자격이 없는 것에 이
익을 준다는 것은 정의의 질서를 혼란케 하는 결과를
낳는다. 칭찬이나 비난, 혐의나 변호가 결과적으로 생
기는 행위를 자기 또는 타인에게 거짓으로 감당케 하는
것은 부정한 일이다. 그런데 사실과는 반대로, 어떠한
방법으로라도 정의를 해치는 것은 거짓말이다. 이것이
정확한 한계이나 사실과 반대된다 하더라도, 어떠한 의
미에 있어서도 정의와 무관한 것은 가공적 이야기에 불
과하다. 그래서 나는 순수한 가공의 이야기를 거짓말이
라고 자책하는 사람이 있다면, 그 사람은 나보다 더 델
리키트한 양심을 가졌다고 솔직히 말하겠다.

사람들이 말하는 친절한 거짓말, 그것이야말로 진짜
거짓말이다. 왜냐하면 타인에게 또는 자기에게 유리하
도록 사람을 속이는 것은 자기의 손해에도 불구하고 사
람을 속이는 짓만큼이나 부당하기 때문이다. 사실과는
반대로 사람을 칭찬하거나 비난하는 사람은 실재 인물
이 문제될 때에는 거짓말하는 것이 된다. 가공의 존재
의 경우면 무슨 소리를 하더라도 거짓말이 되지는 않지
만 그 사람이 만들어낸 바의 도덕성으로 판단하여 그것
이 거짓말이라는 판단을 내리는 경우에는 문제가 다르
다. 왜냐하면 그때 사실상의 진리에 비하여 백 배나 더

귀중한 도덕적 진리에 대해서는 거짓말하고 있기 때문
이다.

　나는 항간에서 사람들이 참되다고 부르는 사람들을
보았다. 그들의 진실성이라는 것은 한낱 쓸데없는 회화
속에서 정확하게 장소, 시대 인물을 인용하는 일, 결코
어떠한 꾸민 이야기도 안하는 것, 이야기에 살과 뼈를
붙이지 않는 것, 아무 과장도 하지 않는 것 등에 그친
다. 자기네 이익과 전혀 무관한 것을 말할 때에는 그들
은 신성불가침의 충실성을 견지한다. 그러나 자기네들
과 관련 있는 사건을 논한다든가 자기네들에게 접근된
사실을 늘어놓게 될 때에는 그들에게 가장 유리하게 보
이게 하기 위해서 모든 색채가 사용된다. 그리고 거짓
말이 그들에게 유용하다고 인정되면 스스로 그런 거짓
말을 하기는 삼가지만, 그런 거짓말을 교묘하게 장려
해서 사람들이 그것을 받아들여도 자기들 잘못이 아니
게끔 한다. 용의주도라는 것은 결국 이와 같은 것이며,
진실은 다음에 보자는 식이다.

　내가 '참되다고 부르는 사람'은 정반대다. 전적으로
이해관계가 없는 일에 관해서는, 한쪽의 '참된 사람'이
지극히 존경하는 진실은 그에게는 거의 관심이 없다.
그래서 그는 살아 있는 사람이건 죽은 사람이건간에 어
떤 사람에 대해서도 그릇된 생각을 갖게 할 위험이 없

는 날조된 사실을 가지고 좌흥을 돋우려는 따위의 짓에
신경쓰는 일은 없을 것이다. 그러나 정의와 진리에 반
대되는 누군가의 이익이나 손해, 존경이나 멸시, 칭찬
이나 비난을 자아내는 모든 말은 거짓말이고, 그의 마
음, 입, 붓 근처에도 못 가는 일이다. 그는 억세게 '참
된 사람'이고, 심지어는 자신의 이익도 무시하는 사람이
기도 한데 평범한 담화에서 자기가 그렇다는 것을 자랑
조차 하지 않는다. 그는 아무도 속이려 하지 않고, 그는
자기를 공격하는 진리에 대해서도 자기를 영예롭게 해
주는 진리에 대해서와 마찬가지로 충실하고, 또 자기의
이익을 위해서도, 자기의 적을 해치기 위해서도 결코
사기를 하지 않는다는 의미에서 '참된 사람'이다. 그러
므로 내가 말하는 '참된 사람'과 또 하나의 '참된 사람'과
의 차이는 세상에서 그렇게 말하고 있는 그 사람은 자
기에게 아무 가치 없는 모든 진리에 대해서는 매우 엄
격하게 충실하지만 한계를 넘어서면 그렇지 못하고, 나
의 '참된 사람'은 진리를 위해서 자기를 희생해야만 할
때 비로소 진리를 위해서 그처럼 충실하게 봉사한다는
데 차이가 있다.

  그러나 사람들은 이렇게 말할 것이다. 내가 찬양하는
사람의 진리에 대한 열렬한 사랑과 태만과는 어째서 모
순되지 않느냐? 그가 그렇게도 많은 혼합물을 내포하고

있다면 그 사랑 역시 거짓이 아닌가? 아니다. 그것은
순수하고 참된 사랑이지만 정의에 대한 사랑의 표시에
지나지 않으며, 가끔 우화적일 수 있을지언정 결코 거
짓이기를 원치는 않는다. 그의 정신 속에서 정의와 진
리는 두 개의 동의어인 바람에, 그는 그것들을 무관심
하게 혼동한다. 그의 마음이 숭배하는 신성한 진리는
아무래도 좋으나, 쓸모 없는 명칭으로 이룩되는 것이
아니라, 모든 사람에게 실제로 관계있는 좋은 일이나
나쁜 일을 말해야 할 경우에 명예나 비난, 칭찬이나 반
대를 하는 경우, 말해야 할 것은 충직하게 말하는 것으
로 이룩된다. 그는 타인에게 거짓 태도를 취하지 않는
다. 왜냐하면 그의 공정한 마음은 그러기를 허용하지
않으며, 또 그는 부정하게 타인을 해치기를 원하지 않
기 때문이다. 또한 자기 자신을 위해서도 그러지 않는
다. 왜냐하면 그의 양심이 그것을 허용하지 않으며, 또
그는 자기 것도 아닌 것을 자기 소유로 만들 줄을 모르
기 때문이다. 그가 바라는 것은 무엇보다도 자기 자신
에 대한 존경심이다. 그것이야말로 없어서는 안 되며
그 재산을 버리고 타인의 재산을 얻는다는 것 같은 일
이 그에게는 절실한 손해로 느껴질 것이다. 그래서 그
는 때때로 무해무득한 일에 대해서 아주 무관심하게 거
짓말을 하는 것은 생각지도 못하나, 타인에게나 자기

자신에게 이익이나 손해가 결코 미치지 않는 거짓말을 하는 일은 있을 것이다. 그러나 역사적인 진실에 관한 일, 인간의 행위·정의·사회성, 유용한 지식에 관련되는 일에 있어서는 언제나 그 힘이 미치는 한, 자기 자신과 타인을 오류로부터 지켜 줄 것이다. 그 범위에서 벗어나는 모든 거짓말은 그의 생각에 의하면 거짓말이 아니다. ≪그니드의 사원≫이 유익한 저작이라면 그리스 원서 운운한 이야기는 순전히 가공의 이야기에 불과하다. 만약 그 저작이 위험하다면, 그 이야기는 아주 나쁜 거짓말이 된다.

이런 것들이 거짓말과 진실에 대한 나의 양심의 원칙이었다. 나의 마음은 나의 이성이 이러한 원칙들을 받아들이기 전부터 자동적으로 그 원칙을 따르고 있었으며, 다만 도덕적인 본능만이 이 원칙의 적용을 결정한 것이다. 마리옹이 희생되었다는 사실은 나에게 씻을 수 없는 가책을 남겼고, 그것은 나의 그 후의 생애에 있어서 그런 종류의 모든 거짓말뿐만 아니라, 어떤 방법으로 그렇게 되든간에 타인의 이해나 평판에 관계될 가능성이 있는 모든 거짓말에서 나를 지켜 주었다. 이와 같이 거부를 보편화함으로써, 이익과 손해를 정확하게 저울질하고, 또 쓸데없는 거짓말에 대한 상세한 한계를 표시할 필요가 나에게는 없어졌다. 그리고 나는 어떤 거짓말도 다 죄로 간주함으로써 양쪽 다 해서는 안 된다고 스스로 타일렀다.

이러한 경우에도 다른 경우에서 그렇듯이 나의 기질은 나의 방침에 대단한 영향을 끼쳤다. 차라리 나의 버릇에 끼쳤다고 하는 편이 낫겠다. 나는 나의 원칙을 따라서 행동한 일이 없기 때문이며 바꾸어 말하면 어떠한 일이든지 나의 선천적인 충동 이외에는 원칙이라는 것을 거의 따른 일이 없다. 미리 생각해 둔 거짓말이란 나의 염두에도 없었고 나의 이익을 위해서 거짓말한 일은 없다. 그러나 내가 흔히 거짓말한 것은 부끄럽기 때문이었고, 또는 아무래도 좋은 일, 기껏해야 나에게만 관계되는 일이기 때문에 낭패감을 면하기 위해서였다. 그럴 때 이야기를 지속시키기 위해서 나의 머리의 둔함과 화제의 빈곤을 보충하기 위해서 무엇인가 말할 필요를 느껴 가공의 이야기를 하지 않으면 안 되었었다.

아무래도 무슨 말을 해야만 하는데 정말 재미있는 이야기가 재빠르게 머릿속에 떠오르지 않을 때에는 벙어리짓을 하지 않기 위해서 만들어 낸 이야기를 한다. 그러나 그런 이야기를 만들어 낼 때는 가능한 한은 그것이 거짓말이 되지 않도록, 즉 그것이 정의나 진리를 해치지 않도록, 또 남에게나 나에게 그저 무관한 가공의 얘기의 범위에서 벗어나지 않도록 주의를 기울인다. 그

럴 때 나로서는 적어도 사실의 진실 대신 도덕적인 진
실을 말하고 싶다. 즉 사람의 마음에 선천적으로 구비
된 애정을 나타내고, 거기에서 언제나 유익한 교훈을
끌어내고 싶다. 한마디로 말해서 도덕적인 이야기, 우
화 같은 것을 만들어 내고 싶다. 그러나 뜻 없는 회화
를 교훈으로 인용한다는 것은 더 기지가 있고, 더 말을
잘하는 사람이라야 한다. 그 회화의 진행은 나의 사고
의 진행보다 빨라서, 대개의 경우 나는 생각하기보다
먼저 말을 해야 하기 때문에 간혹 어리석은 말이나 무
능한 것을 암시하여 그것들이 나의 입 밖으로 나오는
것과 병행하여 나의 이성은 그것을 책망하고 마음은 그
것을 부정하지만, 그것은 나의 판단보다 앞서는 것이며
비판을 한다고 해서 개선될 수는 없다.

　내 기질에서 오는 그런 저항할 수 없는 최초의 충동
에 의해서, 그리고 예기치도 않았던 빠른 순간에 수줍
음과 소심함 때문에 흔히 나는 거짓말을 하는데, 나의
의지는 조금도 거기에 섞여 있지 않으므로 곧 답변을
할 필요에 몰려, 의지에 선행한다. 그 가엾은 마리옹의
기억에서 받은 심각한 인상은 타인을 해치는 거짓말을
항상 충분히 막아낼 수 있는 힘을 가지고 있지만, 나
하나에 관한 것이 문제될 경우 나를 낭패감에서 건져
주는 데 소용되는 거짓말에 대해서는 그렇지 못하다.

그것은 타인의 운명에 영향을 끼칠 수 있는 거짓말만큼 나의 양심이나 주의에 반대되지는 않는 까닭이다.

하늘에 맹세하지만 만약 나를 변호하는 거짓말을 하고, 이내 그것을 취소하고, 나를 책하는 진리를 말하고 취소를 함으로써 새로운 모욕을 면할 수만 있으면 나는 기꺼이 그렇게 할 것이다. 그러나 스스로 나의 잘못을 인정한다는 수줍음이 아직도 나를 붙들고 놓아 주지 않는다. 그래서 나의 과오를 매우 진지하게 후회하면서도 감히 그것을 개선하지 못한다. 예를 하나 듦으로써 내가 말하고 싶은 것이 더 잘 설명될 줄 안다. 또 내가 나의 이익이나 자존심 때문에 거짓말을 하는 것이 아니라는 것, 그뿐만 아니라 시기심이나 악의에서가 물론 아니고 다만 낭패와 못난 수줍음 때문이며 때로는 거짓말이라는 것이 알려져서 그런 말을 해도 아무 소용 없다는 것을 충분히 알고 있으면서도 나는 거짓말을 하고 있다는 것을 다음 예는 보여 줄 것이다.

얼마 전에 나는 F씨에게 끌려, 팔자에도 없이 아내와 더불어 피크닉 가는 셈치고 F씨와 B씨와 함께 B부인이 경영하는 식당에 갔다. 그 부인과 그녀의 두 딸이 우리와 함께 저녁을 먹었다. 식사가 한창일 때, 결혼한 지 얼마 안 되어 임신 중인 큰딸이 나를 빤히 쳐다보면서 애를 가져본 일이 있느냐고 묻는 것이었다. 나는 귀

까지 빨갛게 되어 그러한 행복은 갖지 못했노라고 대답
했다. 그 여자는 식탁에 둘러앉은 사람들을 보면서 짓
궂은 미소를 지었다. 그 미소는 빤하고도 남음이 있는
것이었다. 물론 나에게도 빤한 일이었다.

내가 비록 속이려는 생각이 있었다손치더라도 내가
하고 싶었던 대답은 그게 아니라는 게 우선 분명하다.
나와 함께 있었던 사람들의 분위기를 보고서 부정해 보
았댔자, 그 점에 관한 그들의 생각을 좀체로 바꿀 수
없다는 것이 나로서는 확실했다. 사람들은 그러한 부인
을 기대하고 있었으며, 나로 하여금 거짓말을 시키기
위해서 그런 부인을 유발시키고 있었다. 나는 그런 것
을 느끼지 못할 정도로 바보는 아니었다. 2분 후 내가
으레껏 했어야만 할 답변이 머리에 떠올랐다. "독신으
로 청춘을 보낸 남자에게 젊은 여자로서는 약간 점잖지
못한 질문이로군요." 이와 같이 말함으로써, 거짓말도
안하고 쓸데없는 말 때문에 얼굴을 붉히지 않아도 되
고, 비웃는 사람들을 내 편으로 끌어들이고 당사자에게
도 가볍게 훈계함으로써 당연히 나에게 그렇게 질문한
것과 같은 불손한 짓을 삼가도록 만들 수 있었을 것이
다. 나는 그런 일이라고는 전혀 하지 않았고, 말해야 할
것을 말하지 않고, 말해서는 안 될 것을 말하고, 나에게
는 아무 소용 없는 것을 말했다. 그러므로 나의 판단이

나 의지가 그 대답을 시사한 것은 아니며 그것은 나의 낭패감에서 생긴 결과에 불과하다. 이전에는 그러한 낭패감을 느낀 일이 없었고 부끄러워하기는커녕 솔직히 나의 과오를 자인하곤 했다. 그 이유는 나의 마음속에서 내가 느끼는 과오를 보상해 주는 것은 사람들도 알 것이라고 믿어 의심치 않았기 때문이다. 그러나 악의에 찬 눈은 나의 마음을 아프게 하고 당황하게 한다. 전보다 더 불행해져서 나는 더욱 겁쟁이가 되었다. 그리고 나는 여태까지 겁 때문에 거짓말을 했을 뿐이다.

나는 《참회록》을 쓰고 있는 동안 내가 거짓말에 대해서 품고 있는 혐오를 역력히 느껴본 일이 없다. 그때야말로 내 버릇이 조금이라도 그쪽으로 기울어졌다면 그 유혹은 빈번하고 극복할 수 없는 것이었을 테니 말이다. 그러나 나는 설명하기가 몹시 어렵지만, 아마 모든 모방을 멀리 하려는 데서 생긴 정신 작용에 의하여, 내게 부담이 되는 것을 말하지 않고 있거나 숨긴다거나 하지 않고, 또는 관대하게 나를 용서하기는커녕 지나치리만큼 가혹하게 자기를 책망하고, 차라리 반대 방향에서 거짓말을 하는 결과가 되는 것처럼 느끼고 있었다. 그래서 그 어느 날엔가 내 자신이 나를 심판한 것보다 더 가혹하게 심판받는 일은 없으리라는 것을 나의 양심은 확신하고 있다. 그렇다. 나는 떳떳한 영혼의 상승을 가지고 그것을 말하며 느낀다. 나는 저술을 함에 있어 여태까지 어느 누구도 할 수 없었던, 심지어는 그것보다 더한 ─적어도 나는 그렇게 생각하고 있다.─성실과 진실과 솔직함을 가지고 써나갔던 것이다. 악을 능가하는 선이 있음을 알고 있었던 나는 모든 것을 말하는 편이 더 낫다고 생각했고 모든 것을 그대로 말했다.

나는 결코 부족하게 말하지 않았다. 때로는 사실에 있어서가 아니고 그 상황에 있어서 오히려 지나치게 말했다고 할 수 있다. 이러한 종류의 거짓말은 의지에서 우러나오는 행위라기보다는, 차라리 정신 착란의 결과였다. 내가 그것을 거짓말이라고 부르는 것은 잘못이다. 왜냐하면 그러한 부가가 조금도 거짓말이 아니기 때문이다. 나는 이미 늙고, 내가 전부 언급한 바 있으며, 내 마음이 공허함을 충분히 느낀 바 생의 기쁨에 대한 헛됨에 진저리가 났을 때 《참회록》을 쓰고 있었다. 나는 그것의 기억을 더듬어 가면서 썼는데, 그 기억은 가끔 나에게 빠진 데가 있거나 불완전한 추억만을 갖다 줄 뿐이었다. 그래서 나는 빈틈을 메우기 위하여 그 추억의 부수물로서 내가 상상했으나 결코 추억과 상반되는 일이 없는 상세한 일들로 충당했다. 나는 나의 생애의 행복한 순간들에 대해서 얘기하기를 좋아했고, 간혹 흐뭇한 애석지감(哀惜之感)에서 생기는 수식을 가지고 그때를 미화하곤 했다. 나는 잊어버린 일을 마치 그랬을 것이라는 듯이 말했고 마치 그랬음에 틀림없다는 것처럼 말했다. 그렇지만 나의 기억에 반대되는 바를 말한 적은 결코 없다. 나는 때때로 진실과 아주 동떨어진 매력을 덧붙인 일은 있었지만, 나의 악덕을 변명하거나 덕을 가지고 있는 체하기 위해서 거짓말한 일은 결코 없다.

비록 때로는 그런 것을 생각하지도 않고 무의식적인 움직임으로 나의 프로필을 묘사하면서 기형적인 면을 숨겼다 하더라도, 그 묵살은 악보다도 선을 말하지 않았다는, 보다 기묘한 묵살로 충분히 보상받고도 남는다. 이것은 나의 성격의 기발한 점인데, 그것을 믿지 않겠다는 사람이 있다 해도 절대로 그 사람의 잘못은 아니며, 아무리 믿을 수 없는 일이라 해도 역시 사실이다. 나는 흔히 비열한 면을 통틀어서 악을 말했지만 아주 바람직한 면에서 선을 말한 일은 드물다. 그리고 흔히는 그것을 아예 말하지 않는다. 왜냐하면 그것은 매우 나를 명예롭게 해주어서 ≪참회록≫을 쓰고 있으면서 나의 칭찬을 쓴 것처럼 될 것 같았기 때문이다.

나는 나의 젊은 시절을 묘사할 때 나의 마음에 주어진 천부의 복된 자질을 자랑하지 않았으며, 그것을 너무나도 명백히 하는 사실은 생략한 일조차 있다. 나의 어린 시절의 두 가지 일이 생각난다. 둘 다 그때 내가 쓰고 있었을 때 생각난 일이지만 앞에서 말한 이유에서 포기했던 사실이다.

나는 거의 일요일마다 르 파키의 파지 씨 집에 가서 하루를 보냈다. 그는 나의 숙모 중 한 사람과 혼인을 하고, 인도 경사(更紗)의 공장을 하나 가지고 있었다. 어느 날 나는 광택 있는 방의 건포장에서 그 기계의 무쇠 롤러를 보고 있었다. 광택이 보기 좋았기 때문이다. 나는 그것을 손끝으로 만져 보고 싶었다. 그래서 실린더의 표면에 손끝을 여기저기 갖다 대면서 좋아했다. 그때 파지 씨 아들이 운전대에 들어가서 4분의 1회전을 시켰으나, 다행히도 나는 제일 긴 두 손가락을 물린 데 그쳤다. 그러나 손가락이 으깨지고, 손톱은 빠져 버렸다. 나는 날카로운 비명을 울렸다. 그 순간 파지는 곧 바퀴를 되돌렸지만, 나의 손톱은 실린더에 붙은 채 있었으며, 손가락에서는 피가 흘렀다. 파지는 낭패하여 놀라서 운전대에서 나와 나를 껴안고, 소리를 지르지 말라고 나에게 애원을 하면서 자기는 큰일 났다고 말하는 것이었다. 몹시 아픈데도 그의 괴로움은 나의 마음을 감동시켰다. 나는 울음을 그쳤다. 우리는 잉어 양어장에 가서 그는 나의 손가락 씻는 것을 도와 주고, 흘러나오는 피를 이끼로 막았다. 그는 눈물을 흘리면서

이르지 말라고 간곡히 애원했다. 나는 그러겠다고 약속
했다. 그 뒤 약속을 굳게 지켜 20년이 지난 오늘 왜 내
가 두 손가락에 상처를 가지고 있는가를 아무도 모른
다. 상처는 여전히 남아 있었으니 말이다. 나는 2주일
정도 침대를 떠나지 못했다. 그리고 두 달 이상이나 손
을 쓰지 못했지만 큰 돌이 떨어져서 손을 다쳤다고만
말했다.

　훌륭한 거짓이여! 어떤 진실이 너보다 아름답단 말이
냐?

　그 사고는 여하튼 그때로서는 매우 느끼는 바가 많은
일이었다. 그당시는 시민들을 훈련시키기 위한 연습이
있었던 때로서 나는 내 나이 또래의 아이들 셋과 짝을
지어 유니폼을 입고, 우리 동네의 중대와 연습을 하기
로 했었다. 내가 침대에 누워 있는 동안 나는 세 친구
들이 창문 밑으로 지나가는 발소리를 듣는 것이 괴로웠
다.
　또 한 가지 이야기는 아주 유사한데 더 나이든 뒤의
일이었다.
　나는 플랑 팔레에서, 플랭스라고 불리는 어떤 동무와
더불어 공놀이를 하고 있었다. 그때 싸움이 벌어졌는데

플랭스가 모자도 쓰지 않은 나의 머리를 공치는 방망이
로 한 대 때렸다. 그것이 아주 정확하게 맞아 더 힘이
세었더라면 아마 두개골이 깨어졌을지도 몰랐을 일이
다. 순간 나는 쓰러졌다. 나는 그 가엾은 소년이 그렇게
당황해하는 모습을 일찍이 본 적이 없다. 그는 나를 죽
인 줄로 알았던 모양이다. 그는 나에게 달려들어 나를
꼭 껴안고는 눈물 범벅이 되어 큰 소리로 우는 것이었
다. 나도 온힘을 다해서 그를 껴안고 그와 함께 울었는
데, 어렴풋하게 흐뭇한 어떤 정감을 느꼈었다. 마침내
그는 계속해서 흐르는 피를 막으려 했다. 손수건 두 장
으로는 충분하지 못하다는 것을 알자 나를 자기 모친에
게로 데리고 갔다. 그 모친은 근처에 조그마한 정원을
가지고 있었다. 선량한 부인은 나를 보고 까무러칠 뻔
했다. 그러나 곧 그 여인은 정신을 가다듬고 치료를 해
주었다. 상처를 충분히 닦아낸 다음 술에 담가 두었던
백합꽃을 붙여 주었다. 그것은 우리 고장에서 상용되는
훌륭한 외상약이었다. 여인의 눈물과 아들의 눈물은 내
마음속에 스며들어 오랫동안 그 여인을 나의 어머니처
럼, 아들을 나의 형제처럼 여기게 되어 우리가 서로 만
나지 못하고 그 모자를 차츰차츰 내가 잊게 되었을 때
까지 계속되었다.

　앞에서 말한 또 하나의 사건처럼 이 사건에 대해서도

나는 비밀을 지켰고, 또 그러한 종류의 일은 나의 일생에 수없이 많았지만 그것을 나는 《참회록》 속에서 말할 생각조차 하지 않았으며, 그만큼 나는 나의 성격 가운데의 미점(美點)을 더욱 치장하기를 삼가했다. 그렇다. 나는 내가 진리로서 알고 있는 것과 반대되는 것을 말했을 경우에도, 언제나 그것은 무관한 사실에 있어서만 그러했고, 그것도 뭐라고 말해야 좋을지 몰랐을 때라든가 또는 글을 쓰는 기쁨 때문에 그랬을 뿐, 나의 이해나 남의 손득을 생각하고 그런 적은 전혀 없었다. 그러나 누구나 나의 《참회록》을 공평하게 읽어 주면―그런 일이 행여 있다면―내가 거기서 하고 있는 고백은 보다 중대하지만, 말하기에 그다지 부끄럽지 않은 악행―물론 나는 그런 짓을 안했으니까 쓰지도 않았지만―을 고백하는 이상으로 부끄럽고 쓰기 어렵다는 것을 알아 줄 것이다.

이 모든 일을 잘 생각해 보면 내가 나에게 부과한 '진실하라'는 주장은 사실의 현실성보다도 정의와 공정이라는 감정에 입각해 있다는 것을 알 수 있으며, 또 나는 실천 면에서 참이나 거짓의 추상적인 관념보다는 나의 양심의 도덕적 지침을 더 따랐다. 나는 가끔 많은 우화를 만들어 내었지만, 거짓말을 한 적은 매우 드물다. 이러한 원칙을 따르는 나는 남에게 많은 공격 자료를 주었으나, 누구에 대해서든간에 잘못한 일은 없고 나 자신에게도 분에 넘치는 행복을 배당한 일도 없다. 생각컨대 다만 그러한 점에서 진리는 덕이 되는 모양이다. 그 이외에 진리는 우리에게 있어서 하나의 형이상학적 존재에 불과하며, 거기에서는 선도 악도 생기지 않는다.

그래도 나는 나의 마음의 그러한 구분에 충분히 만족해서 전혀 나 자신이 나무랄 데 없다고 생각지는 않는다. 나는 타인에 대한 의무를 그처럼 조심스럽게 다루면서 나 자신에 대한 의무를 충분히 검토했단 말인가? 타인에 대해서 정당해야 한다면 나 자신에 대해서도 진실해야 한다. 그것은 성실한 인간이 자기의 존엄성에 바치는 경의인 것이다. 회화 중에 이야기가 없어서 내가 그처럼 악의 없는 가공의 이야기를 만들어 냈다면 그것은 내 잘못이다. 왜냐하면 남을 즐겁게 해주기 위해서 자기 자신을 타락시켜서는 안 되기 때문이다. 또 글쓰는 기쁨에 이끌려 만들어 낸 장식품 같은 사실을 진실된 이야기에 덧붙이곤 한 나는 더 큰 과오를 저질렀다. 우화로 진리를 장식함은 결국 진리를 왜곡시키는 결과가 되기 때문이다.

그러나 나를 더 용서할 수 없게 만드는 것은 내가 선택한 표어이다. 그 표어는 다른 사람에게보다 나 자신에 대해서 진리에 대한 엄격한 주장을 강요하고 있었던 것이다. 그래서 어떠한 경우에도 진리를 위하여 나의 이익이나 취미를 희생하는 것만으로는 충분하지 못해서, 나의 약점과 선천적인 소심함까지도 희생해야만 했다. 온갖 기회에 언제나 참될 수 있는 용기와 힘이 필요했다. 특히 진리를 위해서 모든 것을 바치는 사람의 입이나 붓에서 가공의 이야기나 우화가 나와서는 안 되었다. 그 자랑스러운 표어를 취하면서 나는 그러한 것을 스스로에게 말해야만 했고, 또 감히 내가 그런 표어를 지니고 있는 한, 줄곧 그것을 뇌까려야만 했다. 위선이 나로 하여금 거짓말을 시사한 일은 결코 없으며 전부 내가 약한 데에 원인이 있다. 그러나 이러한 것은 나로서는 변명이 되기 어렵다. 마음이 약한 자는 기껏해야 악덕으로부터 자신을 지키는 것이 고작이므로 그러한 인간이 위대한 덕을 감히 주장한다는 것은 건방진 짓이다.

이러한 고찰은 만약 르와유 신부가 나에게 암시하지 않았던들 결코 깨달을 수 없었던 고찰들이다. 그것을 유용하게 하려면 아마 시기가 늦었을지도 모르지만 적어도 나의 오류를 바로잡고, 나의 의지를 어긋남이 없게 만들어 놓는 데는 늦지 않았다. 그것만이 내가 할 수 있는 모든 일이기 때문이다. 그러므로 이러한 경우에 있어서 또한 이와 비슷한 모든 경우에 있어서도 솔론의 격언은 모든 연배에 들어맞는다. 현명하고 진실하고 겸손하며, 그리고 자기 자신을 과대 평가하지 않기를 자기의 적에게서조차 배우는 데 있어서 늦는다는 법은 결코 없다.

제5의 산책

내가 살던 모든 장소들—그 중에는 매혹적인 곳도 있었는데—중에서 어느 곳도 빈 호 한복판에 있는 성 피에르 섬만큼 정말 나를 행복하게 해주었고, 흐뭇한 애석감을 남겨 준 곳은 없다. 그 조그만 섬은 뇌프샤텔에서는 라 모트 섬이라고 불리고 있는데, 스위스에서도 거의 알려져 있지 않다. 내가 알고 있는 어떤 여행가도 그것에 대해 언급한 일이 없다. 그러나 그 섬은 매우 상쾌하고, 외부와 동떨어지기를 좋아하는 사람에게는 특히 고마운 자리이다. 왜냐하면 운명에 의해서 고독하도록 명령을 받은 사람은 이 세상에 아마 나 혼자뿐일지도 모르지만, 비록 내가 그런 취미를 가진 사람을 한 번도 만난 일이 없다고 해도 인간으로서는 극히 자연적 취미를 가진 사람이 나 하나만이라고는 생각할 수 없기 때문이다.

빈 호의 호반은 바윗돌과 숲이 물가에 뻗어 있기 때문에 주네브 호의 호반보다 더 야생적이고 로맨틱하다. 그렇다고 호반이 더 음산한 것도 아니다. 밭이나 포도밭은 적고 인가가 드물지만 자연 그대로의 초원·목장,

작은 숲의 그늘진 휴식처가 더 많이 있어, 대조가 변화무쌍하고 경치가 더 실감이 난다. 조용한 호반에는 마차가 지나갈 만큼 넓은 길이 없기 때문에 이 고장을 찾는 여행자는 적다. 그러나 그 고장은 마음껏 자연의 매력에 도취되고 독수리의 울음 소리, 때때로 들려오는 새들의 울음 소리 그리고 산에서부터 급류가 흘러내리는 소리 이외에는 아무 방해될 소리가 들리지 않아 고독 속에서 명상하기를 좋아하는 명상가들에게는 안성맞춤이다. 아름다운 못은 거의 둥근 형태를 이루고 있는데, 한가운데에 조그만 섬 두 개를 간직하고 있다. 그 하나에는 사람도 살고 밭도 있는데 주위가 약 5리이며 더 작은 또 하나의 섬은 사람도 안 살고 황무지 상태인데, 큰 섬에서 물결이나 바람으로 인한 피해를 복구하기 위해서, 줄곧 그곳에서 흙을 날라가기 때문에 언젠가는 섬이 없어지고 말 것이다. 이처럼 약자의 양분은 항상 강자의 보양을 위해서 이용되고 있다.

섬에는 집이 단 한 채 있다. 그러나 크고 상쾌하고 편리한 집인데, 섬과 마찬가지로 베른의 병원 소유이며, 그곳에서 수세관(收税官)이 가족과 하인들을 거느리고 살고 있다. 그는 가축이 많은 사육장과, 새장 하나 그리고 양어장을 가지고 있다. 섬은 작으면서도, 땅모양이 그야말로 변화무쌍하고 무궁한 경치를 보여 주고

온갖 종류의 농사가 가능하다. 밭·포도밭·숲·과수
원, 기름진 목초지가 작은 숲의 그늘로 덮이고 여러 가
지의 관목들로 둘러싸여 물가에 신선한 그늘을 만들고
있다. 나무들이 두 줄로 늘어선 높은 테라스가 섬을 세
로 지르고 포도 수확의 계절이 계속되는 동안 일요일
마다 가까운 호반의 주민들이 그곳에 모여들어서 춤을
춘다.

모티에서의 석형(石刑)을 피해 내가 도망온 곳이 바
로 이 섬이다. 나는 이 섬에서의 생활이 아주 매혹적이
라고 생각하고 내 기분에 잘 맞았기 때문에 여기서 나
의 여생을 보내겠다고 결심했다. 나는 나를 영국으로
끌고 가려는 계획—그 계획의 최초의 결과를 나는 이미
감지하고 있었다—의 방해가 되는 이 계획의 실행을 사
람들이 허락하지 않을까봐 걱정이었다. 불안한 예감을
느끼고 있었던 나는 이 피난처를 영원한 감옥으로서 일
생 동안 나를 거기에 맡겨 버리고, 거기서 탈출할 힘도
희망도 빼앗기며 육지와의 모든 왕래를 금지하고, 따라
서 세상에서 일어나고 있는 일을 전혀 모르므로써, 세
상의 존재를 잊어버리고 또 사람들도 나의 존재를 잊어
버려 주었으면 하고 바랐다.

사람들은 내가 그 섬에서 2개월도 살 수 있게 놓아두
지 않았으나 내가 2년, 2세기, 아니 영원히 살았더라도

조금도 권태를 느끼지 않았을 것이다. 비록 나의 아내
와 수세관과 그의 아내, 그리고 그 하인들밖에 나의 말
상대는 없었지만 그들은 모두 정말 좋은 사람들이었고
그 이상 아무것도 아니었다. 그러나 그것이야말로 나에
게 필요했다. 나는 그 2개월을 나의 일생에서 가장 행
복한 시기라고 생각하고 있으며 그 이상의 다른 어떤
상태에 있기를 원하는 마음이 솟아나지 않고 일생동안
나에게 흡족할 만큼 행복한 시기라고 생각한다.

그 행복이란 대체 어떤 것이었나? 또 그 행복을 어떻
게 누렸나? 내가 거기서 영위하던 생활을 현대에 사는
모든 사람들이 이해하도록 나는 묘사할 것이다. 귀중한
'무위(無爲)'야말로, 그 상쾌한 맛을 실컷 맛볼 수 있기
를 바란 향락의 첫째 가는 가장 중요한 것이었다. 그런
데 실제 그곳에서 묵고 있는 동안 하던 모든 일은 무위
속에 파묻힌 인간에게 필요한 달콤한 일에 지나지 않았
다.

그 고립된 소일(消日) 속에 나는 나 자신을 얽매어
놓은 결과, 탈출하려면 아무래도 남의 협조를 받아야만
하고 또 사람들에게 알려지게 되고, 주위 사람들의 도
움 없이는 교통, 서신 왕래도 할 수 없으므로 나를 거
기에 내버려두는 것은 천만다행이라고 사람이 생각해
줄 것이라고 희망─그러한 희망은 정말이지 전과는 달

리, 조용하게 나의 여생을 보낼 수 있으리라는 희망을 나에게 주었다. 그래서 한가할 때 신변을 정리하리라는 생각으로 처음에는 아무 정리도 안하고 놓아 두었던 것이다. 혼자서 알몸으로 갑자기 그곳에 옮겨진 나는 후에 가정부를 오게 하여 책이며 자질구레한 일용품을 가져오게 했는데, 그 짐을 풀지 않는 것이 즐거워 상자나 짐이 도착했지만 그대로 놓아둠으로써 내가 여생을 보내겠다고 생각한 고장에서 마치 그 이튿날에는 떠나야 할 주막에 묵고 있는 것과 비슷한 나날을 보냈다. 모든 것은 있는 그대로였고 잘 되어 가고 있었으며, 더 잘 되어 나가기를 바라는 것 자체가 무엇인가를 망쳐 버리는 것 같은 느낌을 줄 정도였다. 내가 가장 행복하게 여겼던 일은 내 책들을 늘 책장에 챙겨 두는 일, 그리고 필기 도구를 전혀 가지고 있지 않는 일이었다. 언짢은 편지가 와서 그것에 회답하기 위해서 부득이 펜을 들게 될 때면 나는 투덜거리면서 수세관에게 필기 도구를 빌리곤 했다. 나는 되도록이면 빨리 그것들을 돌려주면서 다시는 그것을 빌릴 필요가 없어지기를 헛되이 바라는 것이었다. 그러한 서글픈 지필이나 책조각들 대신에 나의 방을 꽃과 건초로 가득 채워 놓았다. 왜냐하면 그당시 나는 식물학에 발을 들여놓기 시작하고 있었기 때문이다. 식물학에 대한 나의 취미는 이베르느와

의사가 나를 자극시켜 주었는데, 그것은 이윽고 정열로
화했던 것이다. 더이상 힘드는 일이 하기 싫어진 나는
나의 마음에 들고 게으름뱅이라도 하기 좋아하는 수고
이외에는 필요 없는 즐거운 일이 필요했다. 나는 ≪피
에르 섬의 식물지(植物誌)≫를 써서, 이 섬의 모든 식
물을 하나도 빼놓지 않고 나의 여생을 다 바치기에 충
분하리만큼 상세하게 쓰기로 계획을 세웠다. 어떤 독일
인은 레몬의 속껍질에 대해서 책 한 권을 썼다고 한다.
나는 목장의 잔디풀 하나하나에 대해서, 숲의 이끼 하
나하나에 대해서, 바위를 덮고 있는 바위옷 하나하나에
대해서 책 한 권을 쓸 수도 있었을 것이다. 말하자면
풀 한 포기, 식물의 티끌 하나라도 상세하게 묘사하지
않고는 가만 두지 않으려고 했다. 이 굉장한 계획에 따
라서 매일 아침 모두 함께 식사한 뒤 나는 손에 확대경
하나를 들고 ≪자연의 체계≫라는 책을 겨드랑이에 끼
고 섬의 한 지구를 탐방하러 나서곤 했다. 그렇게 하기
위해 섬을 여러 개의 작은 구역으로 나누어서, 계절마
다 한 곳 한 곳 돌아다녀 볼 생각이었다. 식물의 구조
나 조직에 대하여, 번식 기관의 역할에 관해서—그 계
통이 당시 나에게는 전혀 새로웠는데—내가 하고 있었
던 관찰 하나하나에 대해서 내가 느낀 황홀감과 도취감
은 무엇보다도 신기했다. 전에는 전혀 생각도 하지 못

했던 식물의 종속성을 구별하고, 공통된 종류로 그것을 확인하는 일은 나를 기쁘게 했고 나로 하여금 진귀한 종류가 나타나기를 기대하게 만들었다. 브류넬의 두 개의 수술이 갈라진 가랑이, 쐐기풀이나 쐐기풀 종류인 잡초의 수술기관, 봉숭아의 씨나 부이 깍지의 파열 같은 수많은 생식 기관의 미세한 역할을 나는 처음으로 관찰했는데, 그런 것이 나를 매우 흥분시켰으며 마치 라 퐁텐이 ≪아바큐크≫를 읽었느냐고 사람들에게 물어보곤 했듯이, 나는 브류넬의 뿔을 보았느냐고 물어 보려고 했다. 두세 시간 만에 나는 풍부한 수확물을 가지고 돌아온다. 그것은 비오는 날의 경우 점심 먹고 난 뒤의 심심풀이가 된다. 오전 중의 나머지 시간은 수세관과 그 아내와 테레즈도 함께 머슴들과 그들의 수확을 보러 가는데 가서는 대개 그들과 더불어 일을 하는 것이었다. 그래서 흔히 나를 보러 오는 베른 사람들은 높은 나뭇가지에 올라앉아서 허리에 매어단 부대에 과실을 따 넣고 그것을 끈으로 매달아서 땅으로 내려 쏟고 있는 나의 모습을 보았다. 오전 중에 한 운동과 늘 거기에 따르는 기분은 점심 식사 뒤의 휴식을 아주 상쾌하게 만들어 준다. 그러나 점심 시간이 너무 길어지고 좋은 날씨가 나를 유혹할 때는 그렇게 오래 기다릴 수가 없어서 다른 사람들이 아직도 식탁에 앉아 있는데도 거기서 빠져나와 혼자 배에 몸을 싣고, 물결이 잔잔할 때는 호수 한가운데까지 저어나간다. 호수 복판에 이르러 나는 배 위에 다리를 쭉 뻗고 누워서 시선을 하늘에 둔 채 물결 따라 배가 떠가는 대로 내버려둔다. 간혹 서너 시간 동안 복잡한 여러 가지 몽상에 잠기는 일도 있다. 그러나 그것은 달콤한 명상이어서 확실히 한정된 목적이 있는 것은 아니지만, 나에게 있어서는 인생의 쾌락이라고 부르는 것 중에서 내가 가장 달콤하다고 생각한 것보다 백 배나 더 귀중하게 여겨졌다. 때때로 해가 떨어지는 것을 보고 돌아가야 할 시간이라는 것을 알았을 때는 섬에서 너무 멀리 떨어져 있었기 때문에, 캄캄해지기 전에 도착하려면 전력을 다해서 노를 저어야만 했다. 어떤 때는 호수 한복판까지 나가지 않고, 맑은 물과 신선한 녹음에 이끌려 호반을 따라 배를 저어 가다가는 물 속에 들어가 수영하는 일도 있다. 그러나 내가 가장 자주 왕래한 항로는 큰 섬에서 작은 섬으로 가는 길이었는데, 그곳에 상륙해서 점심 식사 뒤의 시간을 보내고 때로는 아주 좁은 땅에서 마르소, 털갈매나무, 여뀌 등의 온갖 관목을 헤치며 산책을 하기도 한다. 때로는 모래밭 언덕에 앉아 있는 일도 있었다. 그 언덕은 잔디, 백리향, 꽃들, 심지어는 개미자리며, 이전에 틀림없이 누군가가 심은 토끼풀 등으로 덮여 있어서

토끼를 기르는 데 알맞은 장소였다. 토끼는 두려움이라
고는 전혀 없이, 또 해칠 것도 없이 평화롭게 번식할
수가 있었을 것이다. 나는 그 아이디어를 수세관에게
주었더니, 그는 뇌프샤델에서 암토끼와 수토끼를 가져
오게 하였다. 그의 아내와 그의 누이동생과 테레즈와
나는 떼를 지어서 요란하게 그 섬으로 가서 토끼들을
풀어 놓았는데, 내가 섬을 떠나기 전에 이미 번식을 시
작했다. 만약 그들이 겨울의 추위를 이겨내기만 했다면
아마도 그들은 거기에서 번창했을 것이다. 그 조그만
식민지의 창건은 무슨 잔치와도 같았다. 의기양양하게
일행과 토끼를 거느리고 큰 섬에서 작은 섬으로 가는
나는 마치 아르고스의 원정대의 길잡이처럼 자랑스러웠
다. 그리고 수세관의 아내는 배를 타는 것을 몹시 무서
워했고 타기만 하면 불쾌해했는데 나의 보호로 안심하
고 배를 탔으며 가는 도중에도 전혀 무서워하지 않는
것을 보자 나는 매우 흡족했다.

　물결이 잔잔하지 않아서 배를 탈 수 없을 때는 나는
섬을 돌아다니는 데 오후 시간을 보내곤 했다. 여기 저
기에서 식물 채집을 하거나, 때로는 가장 경치가 좋고
가장 고요한 한귀퉁이에 앉아서 마음껏 몽상에 잠기고,
때로는 언덕이나 고지에 올라가서 호수와 그 기슭의 장
엄하고도 매혹적인 전망을 바라보았다. 한쪽 기슭에는

근처의 산들이 군림하고 또 한쪽 기슭은 넓게 퍼져서 기름지고 풍요한 평원으로 그 전망은 더 멀리 평원을 끝나게 하는 푸르스름한 산들이 있는 데까지 뻗어 있었다.

저녁 때가 가까워지면 나는 섬 꼭대기에서 내려와 즐겨 모래밭의 어떤 숨을 쉴 수 있는 곳에 가서 앉는다. 그곳에서 물결 소리와 요동하는 수면에 나의 관능을 진정시키고 내 마음속의 모든 동요를 쫓아 버리고, 달콤한 몽상에 나의 영혼을 잠재우고, 그러다가 나도 모르는 사이에 밤이 되어 버린다. 물의 유출과 후퇴, 단조로우면서도 간간이 퍼지는 그 소리는 쉴새없이 나의 귀와 눈을 자극하며, 몽상이 나의 내부에서 꺼버린 움직임을 대신하고, 생각하는 수고를 하지 않고도 나의 존재의 기쁨을 맛보기에 충분했다. 가끔 이 세상의 사물이 무상함에 대한 어렴풋하고도 순간적인 생각이 생겨날 때는 호수 표면이 나에게 이 세상 모습을 보여주곤 했다. 그러나 이윽고 그 가벼운 인상은 나를 흔들어 주고 있는 연속적인 단조(單調) 속으로 사라져 버리곤 했다. 그 단조는 나의 영혼의 적극적인 협력이라고는 전혀 없이 나를 끌어당겨, 시간과 신호의 독촉을 받아서 앉은 자리로부터 일어나는 데에도 노력이 필요할 정도였다.

저녁 식사 뒤, 날이 갠 밤이면 우리는 다시 함께 언

덕으로 산책을 나가 호수의 공기와 신선한 바람을 쏘인
다. 정자 아래서 편안히 담소하며 옛 노래를 몇 가락
부른다. 그 옛 노래는 현대의 얼버무린 노래보다 훨씬
좋았다. 그리고 마침내 사람들은 하루의 생활에 만족하
고, 다음날도 그렇기를 바라면서 잠자리에 드는 것이었
다.

　예고도 없이 불청객이 오는 경우를 제외하곤 이 섬에
머물러 있는 동안 나는 이와 같은 시간을 보냈다. 이제
나의 마음속에서 그렇게도 강렬하고 부드럽고 또한 그
리도 사라지지 않는 섭섭함을 불러일으켜 15년이 지난
오늘날까지도 그 정다운 곳을 생각할 때마다, 욕망의
비약에 의해서 내가 그곳에 옮겨진 느낌을 아니 가질
수 없는 그러한 매력이 어떤 것인가를 이제 나에게 말
해 주었으면 좋겠다. 오랜 생애의 변천 속에서 나는 가
장 달콤한 향락과 가장 강렬한 쾌락의 시절에 대한 추
억이 나를 가장 강하게 끌어당기고, 감동시키는 것이
아니라는 것을 알았다.

　착란과 정열의 그 짧은 순간들은 제아무리 강렬할지
라도 바로 그 강렬함 때문에 인생의 일직선상에 생긴
점들에 불과하다. 그 순간은 너무나 드물고 짧아서 어
떠한 상태를 형성할 수 없다. 그리고 내 마음속에서 늘
아쉬워하는 행복은 걷잡을 수 없는 순간적인 것으로 성

립되어 있지 않고 단순하고 영원한 하나의 상태인 바, 그 자체에는 강렬한 것이라고는 조금도 없지만 그것이 계속하는 동안 매력이 증대하고, 마침내 거기에서 숭고한 행복을 발견하게까지 된다.

이 세상의 모든 것은 끊임없는 흐름 속에 있다. 거기에서 그 어느 것도 변함없이 일정한 모습을 지속하는 것이라고는 없으며, 외형적인 것에 집착하는 우리의 감정도 그것들과 마찬가지로 필연적으로 변해간다. 그것들은 항상 우리들보다 앞서거나 뒤떨어져 따라다니면서 이미 없어진 과거를 상기시키고, 또는 대개는 있을 수 없는 미래를 예견케 한다. 거기에는 마음을 붙일 만큼 튼튼한 것이라고는 전혀 없다. 그래서 이 세상에서 사람은 일시적인 쾌락밖에는 갖지 못한다. 지속성 있는 행복을 실지로 누가 겪었는지를 나는 의심한다. 우리가 맛보는 가장 강렬한 향락 중에서도, '이 순간이 언제나 계속했으면 좋겠다'고 우리의 마음이 진정으로 말할 수 있는 순간이란 거의 없다. 그래서 우리의 마음에 여전히 불안하고 공허한 그 무엇을 남겨 주고, 전에 있었던 그 무엇을 애석히 여기게 하거나 앞으로 생길 그 무엇을 갈망시키는 그러한 순간적인 상태를 어찌 행복이라고 부를 수 있겠는가?

그러나 영혼이 제법 견고한 지반을 찾아 그곳에 안정

하여, 스스로의 전 존재를 집중하여 과거를 일깨울 필요도 없고 미래를 걱정할 필요도 없는 상태, 시간은 영혼에 있어서 아무런 의의도 없는 상태, 언제까지나 현재가 계속되고 또한 그 지속을 느끼지 않게 하며 계속해 일어난 흔적도 없고 결핍이나 향유의 쾌락이나 고통의 소망이나 공포의 어떤 감정도 없으며, 단지 우리가 현존한다는 감정만이 있어서 이 감정만으로 영혼 전체를 채울 수 있는 이러한 상태가 있다면, 이 상태가 계속하는 한 그곳에 있는 사람은 행복한 사람이라고 부를 수 있을 것이다. 그것은 생의 쾌락 가운데 볼 수 있는 불만스럽고 비참하며 불완전한 행복이 아니라, 넉넉하고 완전무결한 행복으로서 모든 영혼의 공허를 채워서 이미 채워야 할 아무것도 없는 것이다. 그런 상태야말로 내가 성 피에르 섬에서, 혹은 물이 흘러가는 대로 호반을 멀리하는 배 속에 몸을 눕히고, 혹은 파도치는 호숫가, 아름다운 강가, 모래 위로 살랑살랑 흐르는 시냇물가에 앉아서 고독한 몽상에 잠기며 때때로 경험한 상태이다.

그와 같은 처지에 있는 사람은 도대체 무엇을 즐기나? 그것은 자기 외부에 있는 아무것도 아니며, 자기 자신과 자기 존재 이외의 아무것도 아니다. 이 상태가 계속되는 한, 사람은 마치 신처럼 스스로 충족한 상태에 있다. 온갖 다른 감정을 빼앗긴 존재감은 그것 자체가 만족과 평화의 귀중한 감정으로서, 우리 마음속에서 끊임없이 그 감정을 눌러 버리고 그 즐거움을 산란하게 하려는 모든 관능적·지상적(地上的) 인상을 자기로부터 멀리 할 수 있는 사람들에게는 그 감정만으로 충분히 그 존재는 존귀하고 유쾌한 것이 될 수 있다. 그러나 끊임없이 정열로 고민하고 있는 많은 사람들은 그런 상태를 거의 모르며 짧은 동안에, 또 불완전하게밖에 맛본 일이 없으므로 그것에 대해서는 애매한 관념밖에 가질 수 없고 매력도 느낄 수 없는 것이다. 그뿐 아니라 현재와 같은 세상에서는 그런 유쾌한 도취경을 동경해서 끊임없이 마음에 되살아나는 욕망이 의무적으로 명령하고 있는 활동적인 생활에 대한 흥미를 잃는 것은 좋은 일이 아니라고도 할 수 있다. 그러나 인간 사회로부터 격리되어 이 세상에서는 이미 타인을 위해서도, 자신을 위해서도 아무 소용이 없어진 불행한 사람은 이 상태 속에 온갖 인간적 행복의 보상, 운명도 사람들도 빼앗아갈 수 없는 보상을 발견할 수 있다.

그 보상은 누구나가 느낄 수 없고, 또 모든 경우에서 느껴질 수도 없는 것이 사실이다. 마음의 안정이 필요하고 그 안정을 흔드는 어떤 정열도 있어서는 안 된다. 그것을 느끼는 자에게는 혹종의 결심이 있어야 하며,

주위 사물에도 협력적인 것을 필요로 한다. 그러기 위해서는 절대적인 안정이나 과도의 흥분도 적당치 않으며, 동요와 중단이 따르지 않는 알맞은 단순한 운동이 필요하다. 운동이 없으면 삶은 혼수상태와 같다. 운동이 균등치 않거나 과격하면, 그것은 마음을 건드려 깨운다. 우리 주위에 있는 사물을 생각하게 하여 몽상의 매력을 깨뜨리고 우리들을 내부로부터 격리시켜 곧 우연과 사람의 속박으로 데리고 와서 또다시 불행을 느끼게 한다. 절대 침묵은 비애를 자아내며 죽음의 이미지를 보여 준다. 그래서 유쾌한 상상의 구원이 필요해지는 것으로 상상력이 풍부한 사람에게는 이 구원은 매우 자연스럽게 찾아온다. 외계로부터는 얻을 수 없는 운동이 그때 우리들의 내부에 일어난다. 휴식은 보잘것없는 것이다. 그것은 사실이지만 어렴풋하고 온화한 생각이 영혼의 밑바닥을 흔들지 않고, 말하자면 그 표면을 다치는 데 불과한 때 휴식은 한층 더 기분 좋게 느껴지는 것이다. 모든 불행을 잊고 나 자신의 일을 생각해 내려면 어느 정도의 안정을 얻으면 충분하다. 그와 같은 몽상은 고요히 하고 있을 수만 있다면 어디서든지 맛볼 수 있는 것으로서 바스티유 감옥이나 매우 어두운 형무소에 있어서도 나는 기분 좋은 몽상에 잠길 수 있을 것이라고 흔히 생각하곤 했다.

그러나 주위가 자연으로 둘러싸여 있고 세계의 다른 부분과 격리되어 있는 기름진 고도에서 그러한 일은 보다 완전하게 그리고 한층 더 즐겁게 경험되었다고 말할 수 있다. 그곳에서는 모든 것이 흐뭇한 생각을 갖게 해 주고, 마음 아픈 기억을 일깨워 주는 것이라곤 없었으며, 그곳에 살고 있는 얼마 안 되는 사람들과의 교제는 정답고 화기애애한 것이기는 했지만, 줄곧 내 마음을 사로잡고 있을 만큼 흥미 있는 것은 못 되었다. 게다가 나는 하루 종일 방해받지 않고 근심 걱정 없이 내가 즐기는 일에, 다시 말하면 가장 게으른 무위에 몰두할 수 있었던 것이다. 싫어서 어찌할 바를 모르는 일에 매여 있을 때조차도 즐거운 공상에 잠길 수 있고, 관능을 현실에 자극시키는 모든 것을 모아 마음껏 공상을 즐길 수 있는 몽상자에게는 확실히 멋진 기회였다. 오랫동안의 기분 좋은 몽상에서 깨어나 푸른 풀과 꽃, 새들에게 둘러싸인 나를 보고 맑고 투명한 호수와 분계선을 이루고 있는 로마네스크한 물가로 시선을 돌리고, 나는 이러한 정다운 모든 것을 나의 창작으로 동화시키는 것이었다. 그리고 이윽고 조금씩 나 자신과 신변에 있는 것으로 해서 정신을 차리게 되어도 창작과 현실과의 한계를 인정할 수 없었다.

그처럼 모두 아름다운 저 고장에서 내가 지낸 고독의

정적한 생활을 존귀한 것이 되도록 한결같이 이바지하고 있었다. 다시 한 번 이와 같은 생활을 할 기회가 생겼으면! 또다시 그 그리운 섬에 가서 그곳을 떠나지 않고 대안의 사람들과는 만나지 않으면서 내 일생을 마칠 수는 없을 것인가! 그들은 몇 년 이래 나에게 가지 각색의 재난을 입히고 그것을 즐기고 있었다. 그들을 만나면 그 모든 재난을 생각하지 않을 수 없다. 거기서라면 얼마 안 있어 그들은 영원히 잊혀지고 말 것이 틀림없지만, 물론 그들은 그리 쉽게 나를 잊지는 않을 것이다. 그러나 그곳에 와서 나의 자유를 흔들지만 않으면 아무 걱정 할 필요 없지 않은가? 소란스러운 사회 생활에서 생기는 모든 지상의 정열에서 해방된 나의 영혼은 끊임없이 이 분위기를 넘어서 빠져나가, 얼마 안 있어 하늘의 영혼들 속에 끼고 싶다고 생각하며, 지금부터 그 영혼들과 사귀게 될 것이다. 사람들은 저 안일한 섬을, 나를 조용히 놓아두려고 하지 않았던 그 은신처를 나에게 돌려주지 않을 것이다. 나는 잘 알고 있다. 하지만 그들은, 내가 하루같이 상상의 날개를 펴고 그곳에 날아가 지금도 그곳에서 살고 있는 것과 같은 기쁨을 몇 시간 동안 맛보는 것을 방해할 수는 없을 것이다. 여기서 가장 즐거운 일은 내 마음껏 몽상에 잠기는 일이다. 그곳에 가 있다고 몽상하면서, 나는 그것과 같은 짓을 하고 있는 것이 아닌가? 아니 그 이상의 일을 하고 있다. 나는 추상적이며 단조로운 몽상의 매력에 덧붙여서, 그것을 싱싱하게 만드는 아름다운 광경을 추억한다. 그들의 대상은 황홀경에 빠진 때의 내 관능에는 감동되는 일이 많았지만, 지금은 내 몽상이 깊어짐에 따라 그들이 한층 더 선명하게 마음속에 충만해 있다. 때때로 나는 실제 그 섬에 있었을 때보다도 그 광경을 더욱 절실히 느끼며 그만큼 또 유쾌하게 느끼는 적이 있다. 불행하게도 상상력이 둔해짐에 따라 그런 일이 생기는 것도 드물어지고, 그리 오래 지속되지도 않는다. 아아! 껍데기를 벗어 버리려 하면 오히려 그것으로 더 덮어 씌워져 버린다.

제6의 산책

우리가 행하는 기계적 행동이라는 것도 그 원인을 우리 마음속에서 충분히 탐구할 수 있다면 원인은 거의 찾아낼 수 있다.

어제 라 비에브르 강을 따라 장티 방면으로 식물 채집을 가려고 불르봐르를 지나가던 나는 앙페르 근처까지 와서 오른쪽으로 꺾어들어갔다. 그리고 교외로 나아가 퐁텐블로의 신작로를 통과하여 저 작은 강에 연해 있는 언덕으로 올라갔다. 이 도정은 그것만 생각해 보면 사실 아무 의미도 없었다. 그러나 그때까지도 서너 번 기계적으로 똑같이 우회하곤 했던 것을 알아차린 나는 마음속에 그 원인을 찾아보고, 겨우 그것을 깨달았을 때 혼자서 웃지 않을 수 없었다.

앙페르의 울타리 밖으로 나오면 불르봐르 한구석에서 여름이 오면 늘 한 여자가 가게를 내어 과일·보리차·과자·빵 같은 것을 판다. 그 여자 옆에는 아주 얌전한 절름발이 사내애가 있으며, 그 아이는 지팡이를 짚고 절룩거리며 다가와서 짐짓 측은한 태도로 길 가는 사람에게 구걸을 한다. 나는 이 얌전한 소년과 이럭저럭 아

는 사이가 되어 버렸다. 내가 지나갈 때마다 그는 영락
없이 다가와서 꾸벅 절을 한다. 나는 늘 약간의 동냥을
준다. 처음에는 소년을 만나면 기뻐서 진심으로 동냥을
주었다. 얼마 동안 변함없이 즐겁게 계속되었으며, 게
다가 대개의 경우에는 소년에게 유쾌한 이야기를 시키
고 그것을 듣는 것도 즐거웠다. 이 즐거움은 점점 습관
이 되니까, 어쩐지 일종의 의무감 같은 것으로 변해 버
려, 나중에는 나로서는 참을 수 없는 일이 되었다. 특히
우선 내가 들어야만 하는 미리 준비한 연설이 싫었다.
그때 그는 으레껏 나를 루소씨라고 부르기를 잊지 않았
다. 그것은 그가 나를 잘 알고 있다는 것을 알리기 위
해서이지만 나는 그와 반대로, 소년에게 내 이름을 가
르쳐 준 사람들 이상으로는 그가 나를 모른다는 점이
확실해진 셈이다. 그 이후로 나는 그곳을 지나가는 일
이 이전처럼 썩 마음이 내키지 않았고, 그 방해자가 가
까워지면 대개는 기계적으로 방향을 바꾸는 습관이 생
겼다.

반성해 본 결과 나는 비로소 이런 것을 알게 되었다.
즉 그때까지는 내 머릿속에 아무것도 떠오르지 않았으
나 이러한 고찰로부터 나는 그것에 이어 다른 많은 일
을 떠올렸다. 그것에 의해서 나는 대개의 경우 나의 행
위에 참된 최초의 동기를 오랫동안 상상하고 있던 것만

큼은 확실히 모르고 있음을 절실히 느꼈다. 나는 선행을 한다는 것이야말로 사람의 마음이 맛볼 수 있는 가장 참된 행복이라는 것을 알고 있으며, 그렇게 느끼고 있다. 그러나 이미 훨씬 전부터 그 행복은 내 손이 닿지 않는 먼 곳으로 가버렸고, 또 내가 처해 있는 바와 같은 비참한 경지에서는 내가 좋은 대로, 또 좋은 결과를 가져오도록 참된 선이라는 행위를 한다는 것은 도저히 바랄 수도 없는 일이다. 내 운명을 좌우하는 사람들이 무엇보다도 마음을 쓰는 것은 나에게는 모두가 위선의, 사람을 속이는 가장에 지나지 않으며, 덕에 기인하는 동기도 나를 함정으로 꾀어 넣어서 사로잡기 위해 내미는 미끼에 불과하다. 앞으로 내 힘으로 할 수 있는 유일한 선은 행동을 삼가고, 마음에도 없는 악을 나도 모르는 사이에 행하는 일이 없도록 하는 것이다.

그러나 한때는 지금보다 행복한 시절이 있었다. 내 마음의 움직임에 따라 때로는 다른 사람의 마음을 만족시키기도 했었던 것이다. 그리고 나는 그런 즐거움을 맛볼 수 있었을 때마다 다른 어떠한 즐거움보다도 더 유쾌해했다는 명예스러운 증거를 가지고 있다. 이 경향은 강하고 솔직하며 순수한 것이었다. 그리고 내 마음의 더 깊은 곳을 찾아 보아도 결코 그것을 배반하는 어떤 것도 찾을 수 없었다. 그렇지만 나는, 내가 베푸는 은혜가 뒤에 끌려오는 의무의 사슬 때문에 때때로 그것을 무거운 짐으로 느끼기도 했다. 그러면 즐거움은 사라지고, 처음에는 쾌히 느껴졌던 그 시중을 계속하는 것이 거의 참을 수 없는 옹색한 일로밖에 여겨지지 않았다. 짧은 나의 전성 시기에 많은 사람들이 나의 조력을 청해 왔는데, 그들에게 원조를 해줄 수 있는 경우 누구나 나에게 거절당한 사람은 없다. 그러나 넘치는 진심으로써 주어진 그 첫 은혜로부터 연달아 예기치 않은 일련의 약속이 생겨 이제는 강제를 면할 수 없게 되었다. 내가 처음으로 준 원조는, 그것을 받는 사람들의 눈에는 그 뒤에 계속되는 은혜로 이끄는 발자국이 되는 데 불과했다. 그리고 어떤 불행한 자가 한 번 은혜를 받고 나와 관련을 맺으면 그것으로 만사는 다 끝난 것이며, 그쪽에서 자진해서 준 그 첫 은혜는 그 다음 기회에 그가 필요로 하는 혜택의 무한의 권리가 되어 나의 무력함도 변명이 되지 않았다. 이와 같이 진실로 유쾌한 즐거움도 뒤이어 곧 나로서는 부담스러운 굴종으로 변해 버렸다.

　그래도 그런 연관성이 내가 세상에 알려지지 않고 무명인으로서 살고 있을 동안은 그다지 무거운 짐으로 생각되지는 않았다. 그러나 일단 내가 저술 덕분으로 이름이 알려지자—그것은 확실히 중대한 과오였으나, 그 뒤의 불행은 그 과오를 보상하고도 남음이 있었다.─그 뒤부터 나는 모든 고민하는 자, 또는 그렇게 자칭하는 자, 속여먹을 사람을 찾고 있는 모든 방랑자, 즉 내게 대단한 신용이 있다고들 말하며 온갖 수단 방법으로 나를 끌어들이려는 모든 사람의 총본부가 되어 버렸다. 그때 나는 모든 자연의 경향은 은혜와 같은 것일지라도, 사회에서 생각 없이 계속적으로 무분별하게 베풀어지면 본래의 성질을 바꾸어 때로는 처음에 유익하게 사용되었던 것이 반대로 해로워진다는 것을 알게 되었다. 그와 같이 가혹한 경험들은 조금씩 나의 수줍은 마음을 변하게 했다. 변하게 했다기보다는 차라리 얼마 후 그 본래의 한계 속에 가두어 놓고 다른 사람의 악의를 조장시키는 데 지나지 않는 경우에는, 선을 행하려는 내 경향에 맹목적으로 복종하지 않도록 가르쳐 준 것이다.

그러나 나는 그런 경험을 후회하지는 않는다. 그 경험은 반성에 의해서 나라는 존재를 인식하는 것 외에 또한 때때로 환상을 갖게 된 여러 가지 형편에 처한 나의 행동의 참된 동기에 관해 새로운 빛을 가져오게 했기 때문이다. 기꺼이 선을 행하기 위해서 나는 자유롭게 구속받지 않고 행동해야만 한다는 것과 내 마음속에서 선행에 따르는 쾌감을 제거하는 데에는 그것에 대하여 나로서는 의무인 것만으로 충분함을 깨달았다. 그

후 의무의 중압감은 가장 유쾌한 즐거움조차도 나에게
무거운 짐처럼 느끼게 했다. 그러니까 확실히 ≪에밀≫
에서 말한 것처럼 내가 만약 터키에 있다면 남편으로서
의 의무를 하라는 공중 여론이 비등하는 그 시간에 나
는 좋은 남편이 아니었을 것이다.

이것은 내가 오랫동안 나의 덕에 대해서 품고 있던
생각을 대폭적으로 바꾸도록 했다. 자기의 버릇에 따라
서 되는대로 선을 행하는 즐거움을 맛본다는 것은 덕이
라고 할 수 없으며, 덕이란 의무가 명령했을 때 나의
버릇을 극복하고 명령받은 일을 행하는 데 있고, 그것
이야말로 내가 세상 사람들이 하는 것처럼 할 수 없었
기 때문이다. 감동하기 쉬운 선량한 사람으로 태어나,
그것이 약점이 될 정도로 동정심을 가지고 있으며, 무
엇이든 관대한 행위에는 영혼의 고양을 느끼지 않고는
못 배기는 나는 내 마음속에 느껴지는 한에 있어서는,
즐겨 정열까지도 느끼며 친절하고 남을 돕기를 좋아하
는 마음이 따뜻한 사람이었다. 사람들 중에서 최고 권
력자였다면 나는 제일 친절하고 관대한 사람이었을 것
이고, 내 마음에 일체의 복수심을 제거하려면 복수할
수 있다는 것만으로 충분했음에 틀림없다. 나는 나의
이익에 반해서라도 쉽사리 올바른 사람이 될 수 있었을
것이다. 그러나 친근한 자의 이익에 배반해서는 그렇게

할 결심을 못했을 것이다. 나의 의무와 감정이 충돌하는 일이 생기면 의무가 승리하는 일은 드물었다. 물론 그저 가만히 있으면 되는 경우에는 별문제이지만 그런 때 대개 나는 지지 않았다. 그러나 나의 버릇에 반대되는 행동은 나에겐 절대 불가능했다. 명령하는 것이 사람이든, 의무이든, 그것이 필연일지라도 내 마음이 침묵을 지키는 경우에 내 의지는 말을 듣지 않고 복종할 수 없다. 몸을 위협하는 재난을 알면서 그것을 방위하려고 몸을 웅크리지도 않고, 차라리 되어가는 대로 내버려둔다. 때로는 몸을 일으키려고 애써도 곧 나는 피로감 때문에 끈기가 없어져 그것을 계속할 수 없다. 어떤 일을 생각해 보아도 해서 즐겁지 않은 일은 곧 할 수 없게 되어 버린다.

그뿐이 아니다. 구속이 내 소망과 일치한다 하더라도, 구속이라는 것만으로 벌써 그 힘이 세게 움직이면 소망을 잃게 하며 염오스러움과 반감을 불러일으킨다. 이러한 나는 사람들의 요청 없이 스스로 하던 선행도 요청받으면 할 수 없게 되어버리는 것이다. 나는 확실히 순수하게 무상의 은혜를 베풀고 싶다고 생각한다. 그러나 그것을 받는 자가 구실을 만들어 계속함을 요구하여, 그것을 받지 못하면 증오심을 품게 되던가, 처음에 내가 기꺼이 그 사람의 은인이 되었다고 해서 영원히 그러기를 나에게 명령하면 가책이 싹트고 즐거움은 사라진다. 그러면 내가 양보할 때 하는 일은 마음이 약한 탓이며, 수줍음 때문이며, 선의는 없어져서 나는 마음속으로 그러한 자신을 기뻐하기는커녕 본의 아니게 선을 행하는 것을 양심에 책망하는 것이다. 나는 은인과 은혜를 받는 자 사이에는 일종의 계약과 같은 것— 그것도 모든 계약 가운데 가장 신성한 것이 있다고 생각한다. 양자가 맺는 관계는 인간 전체를 결부시키는 사회 관계에 비하면 더욱 긴밀한 일종의 사회 관계이다. 거기에선 은혜를 받은 자가 암암리에 감사를 약속한다고 하면 은인도 마찬가지로, 상대방에 대해 그 사람이 타락한 인간이 되지 않는 한 그에게 표시해 준 동일한 호의를 지속할 것이며, 자신의 힘을 행할 수 있을 때, 그리고 요구되었을 때에는 언제든지 새로이 그것을 행위로 표시해 줄 것을 약속하는 것이다. 그것은 명시된 조건은 아니지만 둘 사이에 놓여진 관계의 필연적 결과이다. 요청된 무상의 봉사를 처음부터 거절하는 자는 거절한 상대방에게 어떤 불평할 권리를 주는 것이 아니다. 그러나 전과 같은 경우에, 전에 부여한 은혜를 동일한 상대방에게 거절하는 자는 상대방에게 품어도 좋다고 인정시킨 희망을 빼앗아 버리는 것이다. 그는 스스로 씨를 뿌린 기대를 배반하고 기만하는 것이 된다. 이 거절에는 무엇인지 모르지만 부정하고 앞의 경우와 견주어 더욱 가혹한 어떤 것이 느껴진다. 그러나 그것은 역시 마음이 사랑하는, 그리고 쉽사리 버릴 수 없는 독립심의 결과이다. 내가 빚을 갚을 때에는 의무를 다하는 것이다. 선물할 때에는 기쁨을 느낀다. 그러나 의무를 이행하는 기쁨은 덕의 습관에서만 생기는 것이다. 자연히 직접 느껴지는 기쁨은 그것만큼 높은 곳에 이르지는 못한다.

많은 슬픈 경험 뒤에, 나는 나의 당초의 마음의 움직임을 따라감으로써 생기는 결과를 멀리서 예견하는 것을 배우고 그로부터 하고 싶다고도 생각되고, 내 힘으로 할 수 있는 선행도 앞일을 잘 생각하지 않고 시작하면, 뒷날에 참고 견뎌야 할 굴종이 두려워서 중지하는 일도 이따금 있었다. 나는 항상 그런 걱정을 하는 것은 아니다. 그와 반대로 젊은 시절에는 내 자신의 은혜로 해서 사람에게 애착심을 느끼고, 때로는 마찬가지로 내 자신에게 은혜를 베푼 사람들이 이익 때문이 아니라 오히려 감사한 마음으로 나에게 애정을 갖고 있음을 느낀 일이 있었다. 그러나 이 점에 있어서도 다른 모든 일과 마찬가지로, 나에게 재난이 닥쳐올 때부터 사정은 아주 일변해 버렸다. 그 후 나는 이전과는 비슷하지도 않은 새로운 세대 속에서 살고 있었으며, 다른 사람들에 대한 나 자신의 감정은 그들 가정 속에서 발견한 변화 때문에 고민하였다. 전혀 다른 그들 두 세대 속에서 연거푸 만난 동일한 사람들은 말하자면 연거푸 그 두 세대에 동화하고 있었다. 처음에는 진솔했던 사람도 현재 있는 사람과 같아지며, 그들은 다른 모든 사람과 같은 짓을 한 것이다. 그리고 시대가 달라졌다는 것만으로 사람들도 마찬가지로 달라져 버렸다. 한때 나의 감정을 돋군 것과는 전혀 반대의 것을 사람들에게서 느끼고 있는 내가 도대체 어떻게 사람들에게 같은 감정을 계속해 가질 수 있을 것인가? 나는 그들을 증오하지는 않는다. 증오할 수 없으니까 말이다. 하지만 그들에게 알맞는 경멸감을 나 스스로에게 금지시킬 수는 없으며, 그것을 그들에게 나타내는 것을 삼갈 수도 없다.

아마 나도 모르게 나 자신도 필요 이상으로 변해 버렸나보다. 이런 경우에 변하지 않고 견디는 천성을 가진 사람이 있을까? 20년 동안의 경험에 의해서 내 믿음 속에 생긴 풍부한 소질과 같은 것은 모두 내 운명과 그것을 조종하는 사람들 손에 의해서, 나의 손해가 되든가 타인의 해가 되도록 되어가는 것을 절실히 깨달은 나에게는, 나에게 닥쳐오는 선행을 베풀 기회가 사람들이 나를 모함하려는 함정—그 밑에 무슨 악이 숨겨져 있는 함정으로밖에 생각되지 않았다. 행위의 결과가 어떻든, 좋은 의도를 가진 것은 공적이 된다는 것을 알고 있다. 그렇다 확실히 그것은 언제나 공적이 된다. 그러나 거기에는 이미 내심의 기쁨은 느껴지지 않고, 이 흥 분제가 결핍되어 있으면 나는 나의 내부에 무관심과 차가운 것밖에 느낄 수 없다. 그리고 정말 유익한 행위를 하는 대신에 분명히 속임수를 쓰고 있는 데에 불과하며, 보통때 감격과 열성으로 가득 차는 경우에도 분개한 자존심은 불만스런 이성과 합쳐서 염오와 저항을 느끼게 하는 데 불과하다.

영혼을 고양시키고 강하게 하는 역경도 있지만, 그와 반대로 그것을 눌러 죽여 버리는 역경도 있다. 내가 바로 그것의 희생물이다. 내 영혼에 무엇이든 조금이라도 질이 나은 효모가 있다면 역경은 그것을 완전히 발효시켜서 나를 정신병자가 되게 했음에 틀림없다. 그러나 그것은 나를 무와 동등한 것으로 했음에 지나지 않는다. 나를 위해서도, 다른 사람을 위해서도 선을 행할 수 없게 된 나는 행동을 그만둔다. 그리고 강요당하고 있기 때문에 죄가 되지 않는 이 상태는 나의 타고난 버릇에 완전히 의지해도 아무 책망도 받지 않는 것에 일종의 쾌감을 느끼게 한다. 나는 확실히 과격하다. 단지 선을 행하면 괜찮을 때에도 행동하기를 피하고 있다. 그러나 사람들이 사물을 있는 그대로 나에게 보여 주지

않는 것은 확실하며, 나는 사물에 주어진 외관에 의해
서 판단하기를 중지한다. 그리고 행동의 동기가 어떤
술책으로 가리워져 있어도 그 동기가 내 손이 닿는 곳
에 있다는 것만으로 그들이 위선자라는 것을 나는 믿어
의심치 않는다.

나의 운명은 이미 어렸을 때 첫 함정을 파서 오랫동
안 내가 다른 어떤 함정에도 곧 걸려들게 만든 것 같
다. 나는 태어날 때부터 사람을 매우 잘 믿는 성격이어
서, 그때부터 40년 동안 내내 한 번도 그 신임을 배반
당한 일은 없었다. 갑자기 그때까지와는 다른 종류의
사람들과 사물 속에 떨어진 나는 수없이 많은 함정에
걸리면서도, 지금까지 그 어느 하나도 눈치채지 못하
고, 20년 동안의 경험도 나의 운명을 명백하게 해주기
에는 부족하다. 사람들이 나에게 말하는 그럴듯한 주장
에는 거짓과 허위 외에 아무것도 없는 것을 확신한 다
음, 나는 곧 다른 극단으로 기울어졌다. 우리가 한번 천
성에서 벗어나면 그것을 차단하는 한계라는 것이 없어
지게 마련이다. 그 뒤 나는 사람이 싫어지고 나의 의지
는 이 점에 있어서 그들의 의지와 협조해서, 그들의 모
든 속임수가 멀리 떨어진 곳에 있는 이상으로 나를 그
들과 멀리 떼어놓고 있다.

그들이 어떤 일을 해도 염오가 증오로 변하는 일은

결코 없을 것이다. 나를 속박하려고 하는 그들 자신이 나에게 종속되어 있다고 생각하면 나는 정말 측은해진다. 내가 불행하지 않다면 그들 자신이 불행하다. 그래서 나는 반성할 때마다 늘 그들이 가엾어진다. 이런 사고방식에는 아마 거만한 마음이 섞여 있는지도 모른다. 내가 그들을 미워하기에는 자신이 매우 높은 곳에 있는 것 같은 생각이 든다. 그들은 나에게 기껏해야 경멸감을 일으킬 뿐, 결코 증오심을 갖게 하지는 않는다. 또 나는 나 자신을 매우 애석해하기 때문에 상대방이 누구이든 사람을 미워할 수 없다. 그런 것을 하면 나의 존재를 좁혀 압박하는 것이다. 나는 오히려 나의 존재를 전 우주에 확대하고 싶다.

나는 그들을 미워하느니보다는 그들로부터 도피하고 싶다. 그들을 만나면 수없는 잔인한 눈초리의 애처로운 인상으로 나의 관능은, 또한 관능을 통해서 나의 심정도 자극된다. 그러나 불안을 일깨우는 대상이 사라지면 곧 그 불안도 없어진다. 그들이 앞에 있을 때는 본의 아니게 그들 일이 걱정되지만, 일부러 생각해내서 걱정하는 일은 없다. 눈앞에서 없어지면 나에게는 그들이 존재하지 않는 것과 마찬가지이다.

그들은 또 나와 관련이 있는 한도에서만, 나에게 무관심한 존재가 되어 있는 것에 불과하다. 왜냐하면 그들의 상호관계에 있어서 마치 극중 인물의 동작을 보는 것처럼 그들은 아직도 우리에게 흥미가 있고, 내 마음을 움직이기도 하기 때문이다. 나에게 정의가 무관심한 것이 되기 위해서는 나의 도덕적 존재가 소멸해 버리는 것이 필요하다. 부정과 간악한 광경은 지금도 나의 피를 분노로 뒤끓게 만든다. 허풍이나 자랑이 없는 덕의 행위에는 항상 기쁨으로 몸이 떨리는 것을 느끼며, 지금도 감동하여 눈물을 흘린다. 그러나 그것에는 스스로 보고 평가하는 것이 필요하다. 왜냐하면 내 자신의 삶을 돌이켜 보면 어떤 일이든 사람들의 판단을 그대로 채택해서 다른 사람을 신용하고 무엇을 믿는다는 것은 내가 굉장한 바보가 아니면 할 수 없는 일이기 때문이다.

만일 나의 모습과 용모가 성격과 소질이나 마찬가지로 전혀 사람들에게 알려져 있지 않다면, 나는 지금도 편한 마음으로 그네들 가운데 살고 있을 것이다. 그들과의 교제도 내가 완전한 타인인 한 즐겁게 생각할 것이 분명하다. 사람들이 결코 내 일에 마음을 안 쓴다면 나는 자유롭게 타고난 대로 지금도 그들을 사랑할 것이다. 그들에게 보편적이고 완전히 이익을 떠난 호의를 기울일 것이다. 그러나 결코 특별한 애착심을 갖는 일은 없으며, 또한 어떤 의무의 속박을 받는 일도 없이 그들이 자존심에 격려되어 여러 가지 규칙에 강제당하면서도 좀처럼 실행하지 못하고 있는 모든 일을 나는 그들에게 자유로이, 스스로 할 것이다.

만약 내가 타고난 그대로 언제까지나 자유롭고 무명하고 고독했다면 내가 한 모든 일은 좋은 일뿐이었을 것이다. 왜냐하면 나는 마음속엔 해로운 정열의 씨가 전혀 없었기 때문이다. 나는 마치 신과 같이 사람 눈에 띄지 않고, 그리고 전능하다면 신과 같이 자비심 많고 선하기도 했을 것이다. 탁월한 인간을 만드는 것은 힘과 자유이다. 연약함과 예속은 늘 간악한 자만을 만들어 왔다. 만일 내가 예수의 반지의 소유자라면 그것은 나를 사람들과의 예속에서 해방시켜 그들을 나에게 예속시켰을 것이다. 나는 때때로 공상에 잠겨서 나라면 그 반지를 어떻게 사용했을 것인가를 자문해 본다. 왜냐하면 이 경우, 힘에 따르는 남용에의 유혹이 쉽사리 일깨워질 것이기 때문이다. 욕망을 만족시키는 것은 자유자재로 무엇이나 할 수 없는 일이 없으며, 누구에게도 속임을 당할 걱정이 없는 나는 어떤 지속성 있는 것으로 무엇을 원했을까? 단 한 가지 일이다. 그것은 모든 사람의 마음의 만족한 상태를 보는 것에 틀림없다. 대중의 행복한 상태만이 늘 변함없는 감정을 가지고 내 마음을 감동시킬 수 있었을 것이고, 그것을 위하여 바

치고 싶다는 열망이야말로 가장 영속적인 나의 정열이
었음에 틀림없다. 늘 올바르며 편견에 사로잡히는 일
없이, 항상 선량하며 낙심하는 일 없이, 맹목적인 시기
심이나 진정시키기 어려운 증오도 나는 느끼는 일이 없
었을 것이다. 왜냐하면 사람을 있는 그대로 보고 그들
의 마음속을 쉽사리 알아챘으므로 나는 전적으로 애정
에 적합할 만큼 정다운 것도, 전적으로 증오할 가치가
있을 만큼 미워할 것도 거의 찾아내지 못했을 것이다.
또한 그들은 타인에게 해를 끼치려고 하다가 자신에게
해를 끼치고 있는 것을 뚜렷이 알고 있으므로 그들의
간악 그 자체가 가엾어지기 때문이다. 아마도 나는 유
쾌해지면 이따금 기적을 행해서 앳된 즐거움에 잠길 것
이다. 그러나 자신의 일로는 완전히 이해 관념을 버렸
고 나의 타고난 버릇만을 규칙으로 삼고 있으므로, 엄
격한 정의에 기인하는 약간의 행위는 제쳐놓고 수없이
관대함과 공정한 행위를 했을 것이다. 신의 섭리의 대
행자로서, 또는 그 율법의 분배자로서 나는 내 힘에 알
맞게 황금의 전설이나 성 메다르 사원 묘지의 기적과
비교하면 훨씬 현명하고 유익한 기적을 행했을 것임에
틀림없다.

단 한 가지 점에 있어서, 모습을 보이지 않고 어디든
지 들어갈 수 있다는 능력은 나로 하여금 쉽사리 저항

할 수 없는 유혹을 느끼게 했을지도 모른다. 그리고 한 번 그런 미로에 발을 들여놓으면 어디로 끌려가게 될지 알 수 없다. 나는 그런 능력에 유혹되지는 않았으리라고 생각하거나, 또는 이성이 그런 위험한 방향으로 달리는 것을 막아 주었으리라고 자위하는 것은 자연과 자신을 전혀 잘못 본 것이다. 다른 무슨 일이라도 안심할 수 있으나 그 점에서는 파멸이었다. 그 힘에 의해서 사람 이상이 되려면 사람으로서의 연약성을 극복해야 한다. 그렇지 않으면 그 여분의 힘은 실제로는 그를 다른 사람보다 낮게 또는 다른 사람들과 동등한 인간이었던 경우보다도 하찮은 존재로 만드는 데 소용될 뿐이다.

잘 생각해 보면 마법의 반지 같은 것을 가지고 무슨 어리석은 짓을 저지르느니보다는 그런 것은 내던져 버리는 것이 나을 것 같다. 사람들이 여전히 나를 전혀 그르게 본다든가, 또 내 모습이 그들의 부정한 마음을 초조하게 하다면 그들에게 보이지 않게 하기 위해 도피해야만 하며, 그들 가운데 섞여 있으면서 자취를 감춰서는 안 된다. 그들이야말로 내게서 몸을 감추고, 그 책동을 내 눈에 띄지 않게 한다든가, 햇빛을 피해 두더지처럼 땅 속에 기어들어가거나 해야 하는 것이다. 나로서는 혹시 그들이 그렇게 할 수 있다면 그렇게 해주기를 바란다. 그것은 좋은 일이다. 그러나 그것은 그들에게 불가능하다. 그들은 항상 나 대신에 그들이 조작한 장 자크—제멋대로 만들어서 속시원하게 미워하고 있는 장 자크를 볼 뿐이다. 그런 이유로 그들이 나를 보는 눈이 기분 나빠 보인다면 그것은 나의 잘못이다. 나는 하등의 진지한 관심을 가질 필요 없다. 왜냐하면 그들이 그렇게 보고 있는 것은 내가 아니기 때문이다.

이와 같은 모든 고찰로부터 나오는 결과로서 나는 결코 시민 사회에 적합한 사람은 아니었다고 할 수 있다. 시민 사회는 모든 구속과 의리와 의무가 뒤섞여, 독립을 좋아하는 나의 천성은 사람들과 함께 살려는 자에게 필요한 굴종에 견디지 못한다. 자유로이 행동하는 한 나는 선량하며 하는 일은 모두가 선하다. 그러나 구속을 느끼면 그것이 필연적이든 사람에 의한 것이든 나는 곧 반항적이 된다기보다는 오히려 비꼬여진다. 그래서 나는 무와 동등한 존재가 된다. 내 의지와 반대되는 일을 해야만 할 경우, 어떤 일이든 나는 실행하지 않는다. 그렇다고 해서 의지 그대로도 하지 않는다. 나는 약한 인간이기 때문에 행동을 삼간다. 그것은 나의 약함이 행동에 대해서만 약하고, 내 힘은 모두 소극적으로 움직이기 때문이며, 나의 죄는 모두가 등한한 데서 생길 뿐 나쁜 일을 범하는 데서 생기는 적은 거의 드물다. 나는 사람의 자유가 욕구하는 것을 행하는 데 있다고 생각한 적은 한 번도 없다. 그것은 욕구하지 않는 일은 결코 행하지 않는 데 있다고 생각하였고, 그것이야말로 내가 간절히 요구했던 자유, 때때로 지켜온 자유이며, 또 그 때문에 바로 나는 동시대인의 조롱을 받았다. 즉 활동적이며 소란하고 야심만만하며, 다른 사람이 자유로운 것을 싫어하고, 자유 같은 것은 원하고 있지 않으면서, 오직 때때로 자신들의 의지를 실행하기만 하면 되는, 아니 오히려 다른 사람의 의지를 지배할 수 있으면 좋겠다고 생각하는 그들은 평생 자기네 마음에 물들지 않는 것을 괴로워하고, 사람에게 명령하기 위하여서는 어떤 비열한 짓이라도 할 수 있는 패들이기 때문이다. 그러니까 그들의 부당한 점은 나를 쓸데없는 존재로서 사회에서 멀리하려고 한 것이 아니라, 해로운 존재로서 그곳에서부터 추방하려고 한 점에 있었던 것이다. 나는 선행을 한 일은 거의 없다고 해도 좋지만, 나쁜 일이라면 그것은 일평생 내 의지에 들어온 적도 없고, 사실 나만큼 나쁜 짓을 하지 않은 사람이 세상에 한 명이라도 더 있을지 궁금하다.

제7의 산책

　나는 긴 꿈의 집록(集錄)을 이제 막 착수했는데도 이미 그것도 마지막인 것 같은 생각이 든다. 다른 즐거움이 그것을 대신하여 내 마음을 차지하고 꿈꾸는 시간마저 빼앗는다. 내가 그것에 몰두하는 것이 어리석을 정도여서, 가만히 생각해 보면 웃음이 절로 나온다. 그래도 역시 열중하지 않을 수는 없다. 왜냐하면 이런 처지에 있는 나는 이제 어떤 일에도 구애받지 않고 내가 좋아하는 대로 따르는 것만이 행동의 기준이 되기 때문이다. 나는 내 운명에 대해서 어찌할 생각도 없고, 그저 홀가분한 소원을 가지고 있을 뿐이다. 그리고 사람들의 모든 판단이 나에게는 이미 아무 뜻도 없으니 어쨌든 내 힘으로 할 수 있는 데까지는 세상에 나아가 나 혼자서라도 내 마음에 드는 일을 해서 오직 내 마음 내키는 것을 기준으로 하고, 오직 나에게 남겨진 얼마 안 되는 힘만을 한계로 하는 것은 지혜 자체가 바라는 바이기도 하다. 그런 이유로 나는 건초를 나의 양식으로 삼고, 식물학을 직업으로 삼았다. 이미 나이를 먹었을 때, 나는 스위스에서 데이뷔르느와 선생에게서 기초 지식을 익히

고 그 뒤 여행하는 동안 충분히 식물 채집을 즐겨서 식
물계에 관한 광범위한 지식을 얻을 수 있었다. 그러나
나이 60을 지나서 파리에 틀어박혀 대대적인 식물 채
집을 할 기력도 없어지기 시작하고, 또한 악보 베끼는
일도 있어 다른 일에 마음을 쓸 여가도 없었으므로 나
는 이제 필요 없어진 그 즐거움을 버렸다. 나는 표본과
책을 모두 팔고, 때때로 산책 도중 파리 주변에서 발견
되는 흔한 식물을 만나는 것만으로 만족하기로 했다.
단절 기간 동안 지금까지 알고 있던 약간의 지식이 거
의 완전히 머리에서 사라져 버렸다. 그것도 머리에 들
어가던 때보다는 훨씬 빠른 속도로 말이다.

　65세가 지났을 무렵, 갑자기 그나마 왕성하지 못한
기억력은 없어지고, 그때까지는 풀밭을 돌아다닐 체력
도 있었는데 그것마저 없어지고, 안내자도 없고 책도
마당도 표본도 없는데, 나는 또 그 광기에 사로잡혔다.
더구나 처음에 그것에 몰두했을 때 이상으로 열정적이
었다. 나는 뮈래의 《식물계》를 완전히 외고, 지구상
에 알려져 있는 식물을 다 알고 싶다는 등의 현명한 계
획을 진지하게 생각하고 있었다. 식물학 서적을 도로
사들일 여유가 없었으므로 나는 다른 사람들한테서 빌
린 것을 부지런히 베끼기 시작했다. 그리고 이전 것보
다는 더 풍부하게 표본을 고쳐 만들려고 결심한 나는

해저 식물이나 알프스의 모든 식물, 또 인도의 여러 종
류의 나무를 채집하는 것은 어쨌든 나중으로 미루고,
하여간 처음에는 쉬운 곳에서부터 한다고 별꽃, 사양
채, 루리지사, 개쑥갓 같은 것을 모은다. 나는 새장 위
에 있는 풀도 학자답게 채집한다. 그리고 새 풀을 찾을
때마다 만족감을 가지고 어쨌든 또 하나 식물이 늘었다
고 혼잣말한다.

이렇게 일시적 기분에 따르기로 한 나의 결심을 변명
하려고는 생각하지 않는다. 나는 그것을 지극히 도리에
맞는 일이라고 생각하고 있다. 내가 처해 있는 경우에
있어서는, 내 마음에 드는 즐거운 일에 골몰한다는 것
은 뛰어난 지혜이며 나아가 뛰어난 덕이기도 하다고 확
신하고 있기 때문이다. 그것은 내 마음에 복수나 증오
의 어떤 씨도 싹트지 않게 하는 수단이며, 나와 같은
운명에서 아직 무슨 즐거운 일에 마음을 둘 수 있다는
것은 확실히 모든 분노의 감정에서 정화된 천성을 가지
고 있는 증거임에 틀림없다. 그것은 내 식으로 박해자
들에 복수하는 것이 되기도 한다. 나는 그들의 뜻에 반
해서, 내가 행복한 것 이상으로 더 잔인하게 그들을 벌
할 줄 모른다.

그렇다. 나를 끌어당겨 그 무엇에도 나를 방해하지
않는 경향에 늘 이바지하는 것을 이성은 나에게 허락해

주고, 심지어는 명령조차 한다. 그러나 이성은 어째서 그 경향이 나를 끄는지, 또 내가 그런 하찮은 연구에 어떤 매력을 느낄 수 있는가는 가르쳐 주지 않는다. 그런 일을 해도 이득이 없고 진보도 안 되며, 또한 그것은 나이 들고 노망해서 이미 몸도 쇠약해지고 동작도 둔해지고 경쾌함은 사라지고 기억력도 흐려진 나에게는 청년 시절의 훈련과 학교 수업의 복습을 시키는 것이나 다를 바 없다. 어째서 그런 짓을 하는지, 그것은 나 스스로도 설명해 보고 싶은 기묘한 일이다. 나에게는 그것이 충분하게 뚜렷해진다면, 나의 자기 인식—그 때문에 나는 만년의 여가를 바치기로 했지만—에 무슨 새로운 빛을 던지는 일인 것 같은 생각이 든다.

나는 때로 매우 심원한 사색에 잠기는 일이 있다. 그러나 사색의 즐거움을 느낀 일은 거의 없으며, 대개는 억지로 강제적인 느낌이 든다. 몽상은 나의 피로를 고치고 나를 즐겁게 해주지만, 반성은 나를 피로하게 하고 비애를 느끼게 한다. 생각하는 일은 항상 나에게는 괴롭고, 매력 없는 일이었다. 때로 나의 몽상은 결국 묵상으로 끝나 버리지만, 대개의 경우 나의 묵상은 몽상이 되어 끝난다. 그리고 이 정처 없는 생각에 잠긴 동안 내 영혼은 상상의 날개를 타고 우주를 방황하며 천천히 선회해서 온갖 향락을 초월한 황홀감 가운데 있는 것이다.

황홀을 완전히 순수한 상태에서 맛보고 있는 동안은 다른 모든 일은 늘 무미건조했다. 그러나 외부로부터의 충격에 의해서 일단 문필의 세계로 들어가서 정신적인 노동에 피로하고, 저주스러운 명성이라는 요물의 번뇌를 느끼게 되면, 나는 동시에 그 기분 좋은 몽상이 소멸되어 가는 것을 깨닫는다. 그리고 또한 언제이든 마음에도 없이 내가 처한 비참한 상황을 생각하지 않으면 안 될 때, 나는 이미 정말 드물게밖에 없는 저 귀한 황홀감, 50년 동안 재산이나 명예 대신이 되어 주고, 시간 이외에는 한 푼도 필요 없이 한가히 사는 나를 세상에서도 행복한 사람으로 만들어 준 저 황홀감을 찾아볼 수 없게 되었다.

또한 나는 몽상에 잠기면서도 불행에 위협을 느낀 내 상상력이 머지않아 불행 쪽으로 작용하기 시작할 것이 아닌가, 또 늘 자신의 고뇌를 걱정하는 감정이 점점 가슴을 조여서 마침내는 고뇌의 무거운 짐이 나를 짓누르지나 않을까 하고 걱정하지 않으면 안 되었다. 이런 상태에서 나에게 천성적으로 부여된 어떤 본능은 나로부터 비참한 관념을 아예 멀리하여, 상상력에 침묵을 명령하고 내 주의를 신변에 있는 대상에게로 향하게 하고, 그때까지는 대개의 경우 한 덩어리로써 그 전체를 정관(靜觀)하는 것에 그쳤던 자연 광경을 난생 처음으로 자세히 조사하게끔 해주었다.

수목·관목·식물은 대지의 장식이며 의복이다. 헐벗어 풀도 안 나며, 보이는 것이라곤 돌멩이와 진흙과 모래뿐인 광야의 풍경처럼 슬픈 것은 없다. 그러나 자연에 의해 생기 있는 색채가 주어지고, 혼례의 의상을 입고, 물의 흐름과 새의 노랫소리에 둘러싸인 대지는 자연의 세 가지 영역의 조화 속에 활기와 흥미와 매력에 가득 찬 풍경을 사람 앞에 전개시켜 준다. 그것은 사람의 눈과 심정이 결코 싫증내지 않는 이 세상의 유일한 광경이다.

정관하는 자가 더욱 감수성 예민한 영혼을 가지고 있으면, 더구나 그 사람은 그런 조화로부터 솟아나오는 황홀감에 잠긴다. 기분 좋은 깊은 몽상이 그때 그의 관능을 잡고, 그는 감미로운 황홀감을 느껴 그 광대하고 아름다운 체계 속에 무르녹아 그것에 동화한 자신을 느낀다. 그때 개별적인 대상은 모두 그의 시야를 떠나서 모든 것을 오직 전체로서만 보고 느낀다. 무슨 특수한 상황이 관념을 긴장시키고 또 상상력에 한계를 줄 경우 비로소 그는 그 감싸 안으려 하는 우주를 부분적으로 관찰할 수 있다.

고뇌로 시달리는 나의 마음이 모든 움직임을 그 주변

에 모아서, 점차적으로 더해 가는 실망과 낙담 가운데
차갑게 꺼져가려고 하는 불씨를 긁어모아 다시 피우려
하고 있었을 때, 일이 스스로 발생하였다. 나는 정처없
이 숲이나 산 속을 방황하며 자신의 고뇌를 자극하는
것이 두려워 아무것도 생각할 수 없었다. 고통의 원인
이 되는 대상에 의하여 움직여지는 것이 싫은 나의 상
상력은 관능을 주위 사물의 아련하지만 기분 좋은 인상
에 맡겨 두었다. 내 눈은 끊임없이 하나의 사물로부터
다른 사물로 옮겨졌으나 그런 다양한 세계에서는, 무엇
인가 특히 내 눈을 끌어 한층 더 오래 머물게 하는 것
을 반드시 발견해 내고야 말았다. 나는 불행한 경우에
도 정신을 휴양시키고 즐기게 하며, 위로하고 고통의
감정을 잊게 해주는 그런 눈의 보양을 좋아하게 되었
다. 그 대상의 성질에 따라서는 그런 기분 전환은 크게
도움이 되고, 또 기분을 끄는 일이 된다. 그윽한 향기,
생생한 색채, 가장 우아한 자태, 그들은 앞을 다투어 우
리의 관심을 끌 권리를 얻으려고 하는 듯 보인다. 쾌락
을 좋아하는 자라면 누구나 이 상쾌한 감각에 젖을 수
있다. 만일 그것을 눈으로 보는 모든 사람이 그런 효과
를 얻을 수 없다면 그것은 어떤 사람에게 있어서는 자
연의 감수성이 결핍되어 있기 때문이며, 또 대다수의
사람들에게는 그들의 정신이 너무나 다른 관념에 쏠려

있으므로 그 관능에 미치는 대상에 조금밖에 마음을 쓸
수 없기 때문이다.

또 하나의 다른 사정이 식물계에 취미를 가진 사람의
주의를 멀리하는 원인이 되고 있다. 그것은 식물에서
약제나 의료품만을 구하는 습관이다. 테오프라스테스는
그렇게 생각하고 있지 않았다. 그는 고대인으로서 유일
한 식물학자라고 볼 수 있으나 우리들에게는 거의 알려
져 있지 않다. 반대로 디오스코리데스와 같은 처방의
대집성자 및 그 주해자들의 덕택으로 의학은 식물을 약
초라는 것으로 바꾸어 그것을 아예 자기 영역의 것으로
만들어 버렸기 때문에, 사람들은 식물 가운데서 거기서
볼 수 없는 것만을 보고 싶어하지 않게 되었다. 즉 누
구나 식물이 주는 효능 이외에는 보고 싶어하게 되어
버렸다. 식물의 조직 그 자체가 얼마든지 관심의 대상
이라고 사람들은 생각하지 않는다. 학자답게 조개 껍데
기를 늘어놓고 평생을 사는 그러한 사람들조차도, 식물
학은 그들이 말하는 것처럼 그것에 고유한 효능의 연구
가 가해지지 않으면, 즉 허위가 없고 아무것도 가르쳐
주지 않는다고 말하는 자연의 관찰을 포기하고, 거짓말
투성이인 여러 가지 일을 주장해서 우리에게 그대로 믿
으라고 말하는 사람들의 권위—이 권위 자체가 대개의
경우 다른 사람의 권위에 기인하고 있으나—에 복종하

는 것이 아니면 헛된 연구라고 조소한다. 가지각색의
풀밭에 멈추어 서서, 거기 빛나고 있는 꽃을 하나하나
조사해 본다고 하자. 당신이 하는 일을 보는 사람들은
의사의 조수라고 생각하고, 아이들의 습진이나 어른의
개선(옴), 혹은 말의 비저병(鼻疽病)에는 어떤 풀이 효
과가 있겠느냐 등을 질문할 것에 틀림없다.

이와 같은 견딜 수 없는 편견은 다른 여러 나라, 특
히 영국에 있어서는 해소되어 가고 있다. 그것은 린네
의 덕택이며, 그는 식물학을 약제사 패의 손에서 어느
정도 구출해서 그것을 박물학과 경제적 응용 분야로 반
환했다.

그러나 프랑스에서는 이 연구가 그다지 세상에 침투
해 있지 않으며, 이 부분에 관하여는 전혀 미개 상태에
놓여 있어서 파리의 재사(才士)는 런던에서 진기한 수
목이나 식물을 많이 모아둔 진묘한 정원을 보고는 찬탄
을 한답시고 "참 훌륭한 약초원입니다!"라고 외쳤다고
한다. 그러면 최초의 약장사는 아담이라는 말이 된다.
에덴 동산 이상으로 식물이 구비되어 있는 정원을 상상
하기는 어렵다.

그런 의학적 관념은 확실히 식물학 연구를 그리 유쾌
하게 하는 것이 아니다. 그러한 관념에는 들의 색채와
꽃의 빛깔도 무색하고, 수목의 싱싱함에도 윤택이 없어

지고 초록색들과 나무 그늘도 무미해지고 싫어진다. 그
런 것을 무엇이나 다 약절구에 빻을 생각만 하는 사람
들에게는, 매력이 가득 찬 아름다운 구조도 모두 대단
한 홍미를 돋구는 것이 되지 못하며, 관장제를 만드는
풀을 헤치고 들어가 애인에게 바칠 꽃들을 찾으러 가는
자도 없을 것이다.

이런 약학(藥學)이 나의 전원의 모습을 조금도 더럽
히지 않았다. 탕약이나 고약보다도 더 그것과 거리가
먼 것은 없었다. 밭·과수원·숲, 그곳에 사는 수많은
생물들을 가까이 바라보면서 나는 식물계라는 것은 자
연에서부터 인간과 동물에게 주어진 식료품점이라고 생
각했던 일이 때때로 있다. 그러나 그곳에서 약품이나
의료품을 구하려고는 한 번도 생각해 본 적이 없다. 여
러 가지 식물 가운데 그런 용도를 표시해 주는 식물 따
위는 나에게는 하나도 눈에 띄지 않는다. 만일 자연이
우리들에게 그렇게 하라고 하면, 자연은 먹을 것에 관
해서 가르쳐 준 것처럼 그 선택법을 가르쳐 주었음에
틀림없다. 더욱 나는 사람의 약함을 생각하고 열병이나
담석·신경통·노환을 생각하면, 나무들 속을 뛰놀 때
의 즐거움이 망쳐지는 것 같다. 그러나 나는 사람들이
식물에게 주고 있는 현저한 효능을 가타부타 말하고 싶
지는 않다. 단지 나는 그런 효능이 실제로 있다고 가정

해도 환자가 언제까지나 낫지 않는 것은 참으로 환자가
나쁘기 때문이라고 말하고 싶다. 왜냐하면 사람이 걸리
는 병은 여러 가지가 있지만, 그 어느 병치고 20종의
약초가 근본적인 치유를 가져오지 않는 병이라고는 하
나도 없기 때문이다. 무엇이나 다 우리의 물질적 이해
에 결부시키고, 도처에 이익과 약을 찾고, 늘 건강하기
만 하면 자연을 전혀 무관심하게 바라보려는 그런 사고
방식은 결코 내가 취하지 않는 바이다. 그 점에 있어서
나는 다른 사람들과 정 반대라는 생각이 든다. 자기의
필요라는 생각과 연결되는 것은 모두 내 사상을 어둡게
하고 손상하고 완전히 육체적 이해를 잊지 않는 한, 정
신적 즐거움에도 나는 참된 매력을 발견한 적은 없었
다. 이런 까닭에 가령 내가 의학을 믿는다 해도, 또 약
이 맛이 쓴 것이라 해도 나는 그런 것에서는 저 순수하
고 이해 타산을 떠난 명상이 주는 희열을 발견하는 일
은 결코 없을 것이다. 또 나의 영혼이 육체에 매어 있
다고 느끼는 한 자연의 풍경에 감격하고 그곳에서 배회
하지는 못할 것이다. 의학에 한 번도 큰 신뢰를 가져
본 적이 없는 나이긴 하지만, 내가 존경하며 사랑하고
있던 의사들에게는 크게 신뢰감을 가지고 내 몸을 완전
히 맡기기도 했다. 15년의 경험은 헛수고이긴 했지만
나는 가르침을 받았다. 지금은 자연 법칙에만 의지하기

로 하고, 그것으로 옛 건강을 회복하고 있다. 의사들이 나에게 다른 원한이 없는 바에야 그들이 증오한다 한들 놀랄 것은 없다. 나는 그들의 기술이 허식에 가득 찼다는 것과 진찰과 치료가 아무 소용 없다는 것의 산 증거이다.

그렇다. 개인적인 것, 내 육체의 이해에 관련되는 것은 모두 내 영혼을 정말로 움직일 수는 없다. 내가 최고로 기분 좋은 생각에 잠겨서 꿈꾸는 것은 나라는 존재를 잊을 때이다. 다시 말하면 만물의 체계 속에 융합되어 자연 전체와 동화될 때, 나는 황홀감에 잠겨 형언할 수 없는 감동을 느낀다. 사람들이 나의 동포였던 동안 나는 지상의 행복을 그려본다. 그 계획은 늘 전체에 연결되는 것이었으므로, 나는 대중의 행복이 없으면 행복해질 수 없었고, 나 하나만의 행복이라는 관념은 사람들이 나의 불행 가운데서 그들의 행복을 찾고 있는 것을 알 때까지는 결코 내 마음속에 생각난 적이 없었다. 하지만 그렇게 되면 그들을 미워하지 않기 위해서 아무리 해도 그들을 회피하지 않으면 안 되었다. 그래서 나는 만물의 어머니 품 속으로 달아나, 그 팔에 안겨 그 아이들의 공격을 면하려고 했다. 나는 고독한 사람이 되었다. 또는 그들의 말을 빌리면 반사회적인 사람이 되어 인간을 싫어하는 사람이 되었다. 배반과 증

오에 의해서만 양육되고 있는 간악한 인간 사회에 있느
니보다는 아무리 쓸쓸해도 고독해진 이 편이 낫게 생각
되었기 때문이다.

본의 아니게 내 일신의 불행을 생각하는 것이 두려워
서, 나는 생각하는 것을 멈추지 않으면 안 되었다. 흐뭇
하고도 애틋한 상상에 대한 미련을 억누르고, 이윽고는
여러 가지 고민으로 위협받지 않도록 주의하지 않으면
안 되었다. 나에게 모욕과 경멸을 퍼붓는 사람들 생각
은 되도록 잊고, 분노에 못 이겨 결국 그들에게 원한을
품어서는 안 되었다. 그래도 나는 완전히 자기 자신 속
에 틀어박힐 수 없는 것이다. 그것은, 밖으로 넘쳐흐르
는 나의 영혼이 내가 원하는 것에 반하여 그 감정과 존
재를 다른 존재 위로 펼치려고 하기 때문이다. 또한 나
는 이제 옛날처럼 단숨에 자연의 넓디넓은 대해로 들어
갈 수도 없다. 그 이유는 내 몸이 쇠약해져서 이제는
내 손에 닿는 곳에 어떤 하나의 정해진 대상을 찾아서
그것에 온통 매달릴 수도 없고, 오래전과 같이 혼돈한
망아(忘我)의 바다를 헤엄쳐 다닐 기운도 이미 쇠진해
버렸기 때문이다. 나의 관념은 거의 감각에 지나지 않
으며, 나의 오성의 범위가 직접적으로 몸을 둘러싸고
있는 사물의 피안에 미치는 일도 없다.

사람의 눈을 피하고 고독을 찾고, 이제 상상력도 움

직이지 않고 생각하는 일은 더욱 적다. 나는 활동적인 기질을 타고 났기 때문에 무기력하고 우울한 무감각 상태에 머물 수 없어서 내 주위에 있는 모든 것에 관심을 갖기 시작하고 매우 자연스러운 본능에서 즐겨 되도록 재미난 일에 관심을 갖게 되었다. 광물계(鑛物界)에는 그것 자체가 사랑스럽거나 사람을 끌어들이는 것은 전혀 없다. 그 보고(寶庫)는 대지의 내부에 숨겨져 있어 사람에게 욕심을 일으키지 않게 하기 위하여 그들의 눈에서 멀리 떨어져 있는 것같이 생각된다. 그것은 그곳에 비축해 놓여져 나중에 참된 부(富)의 보충으로서 소용되는 것이다. 참된 부라는 것은 보다 사람 가까이에 있는 것이지만, 사람이 타락함에 따라 그것이 싫어진다. 그런 시대가 오면 사람은 가난을 구제하기 위하여 산업을 필요로 하며, 애써 노동하지 않으면 안 될 것이다. 그는 대지의 내부를 파헤치고 그 깊숙한 곳으로, 생명의 위협을 받고 건강을 희생해서, 여태까지 참된 재물을 즐길 수 있었던 시대에는 대지가 그것을 저절로 제공해 주었는데, 지금은 그 대용인 가공적 재물을 찾아간다. 사람은 태양과 빛을 피한다. 그는 이미 그것을 쳐다볼 자격이 없다. 그는 살아 있으면서 땅 속에 파묻힌다. 하지만 그것으로 괜찮다. 이제는 햇볕에 쪼이며 살기엔 적합하지 못하게 되었으니까…… 그러므로 채석

장이나 갱도, 제철소나 용광로, 모로나 망치, 연기나 불
이 이는 공장이 전원의 일의 즐거운 풍경과 대치되는
것이다. 광산의 독기로 수척해진 사람들의 비참하도록
창백한 얼굴, 시꺼먼 대장장이, 애꾸눈의 거인, 광산 경
영에 의하여 대지 내부에서 볼 수 있는 이러한 모습이
대지 표면에 있는 초록빛 들과 꽃, 푸른 하늘, 사랑하는
목동들과 소박한 농부들의 모습으로 바뀐다.

　모래나 돌을 주워 모아 그것으로 주머니를 불룩하게
하거나 진열장을 가득 채우거나 해서 제법 박물학자인
척하는 것은 용이한 일이다. 그것은 나도 안다. 그러나
이러한 종류의 수집에 열성을 가지고 하는 사람은 일반
적으로 말해서 무식한 부자라 하겠으니, 그런 일을 하
는 것은 단지 사람들에게 보여 줌으로써 즐기자는 것에
불과하다. 광물 연구에서는 무슨 실제적 이익을 얻으려
면 화학자가 되거나 물리학자가 되지 않으면 안 된다.
힘들고 비용이 드는 실험을 하여 실험실에서 일을 하고
많은 돈과 시간을 소비해서, 숯이며 도가니며 난로, 그
리고 증류기에 둘러싸여 숨막힐 것 같은 연기와 증기
속에서 늘 생명의 위협을 느끼며, 대개의 경우 건강을
희생시키지 않으면 안 된다. 이 모든 비참한 피로를 가
져오는 작업으로부터 얻을 수 있는 것은 대개는 거만한
마음에 비해서 극히 적은 학식에 지나지 않는다. 그리

고 아무리 평범한 화학자일지라도 무슨 보잘것없는 인
공적 합성을 만약 우연히 성취한다면, 온갖 자연의 대
창조 사업에 참가할 수 있었다고 믿지 않는 사람이 어
디 있겠는가?

　동물 세계는 그보다는 우리들 가까이에 있으며 확실
히 더 잘 연구할 가치가 있다. 그러나 결국 그 연구에
도 또 곤란과 장애, 불쾌와 노고가 따르는 것이 아닐
까? 특히 노는 일에나 일하는 데 누구의 원조도 기대할
수 없는 고독한 사람에게는 말이다. 하늘을 나는 새, 물
속에 사는 물고기, 바람보다도 경쾌하며 사람보다도 강
한 네 발 달린 짐승, 따라서 연구한다 하더라도 그 편
에서 와 주는 것과 같은 일은 물론 있을 수 없고 나로
서도 그 뒤를 쫓아가 힘으로 누를 수도 없는 것을 어떻
게 관찰하고, 해부하고, 연구하고 또 인식할 수 있겠는
가? 그러므로 나는 달팽이나 작은 벌레나 파리를 자료
로 삼지 않으면 안 될 것이다. 숨이 차서 나비를 쫓아
가거나, 불쌍한 곤충을 바늘로 꽂든가, 생쥐를 잡았을
때 그것을 해부하고 때로는 죽은 짐승의 시체를 보면
그것을 해부하며 일생을 살게 될 것이다. 동물 연구는
해부를 하지 않으면 아무 도움도 되지 않는다. 해부함
으로써만 그들을 분류하고, 속(屬)과 종(種)을 가려낼
수 있다. 그들의 습성이나 습관을 연구하기 위해서는

새장이나 양어장·사육장을 만들지 않으면 안 된다. 어떻게 하면 좋을지는 모르지만 동물이 내 주위에 모여서 가만히 있도록 강요하지 않으면 안 된다. 나는 동물을 잡아두는 일에는 취미도 없거니와 수단도 없으며, 풀어놓아 주었을 때 같은 보조로 뒤따라갈 만한 경쾌함도 없다. 그러니까 죽은 것을 연구해야만 한다. 그의 배를 가르고, 뼈를 저며내고, 꿈틀거리는 내장을 마음껏 조사하지 않으면 안 될 것이다. 해부학 교실이란 참으로 오싹한 장소이다. 썩은 시체, 피가 흐르는 희끄무레한 살, 피, 페스트에라도 걸릴 것 같은 냄새, 그런 곳에는 맹세코 장 자크는 즐거움을 찾으러 가지 않겠다.

빛나는 꽃이여, 여러 빛깔의 초원이여, 상쾌한 나무 그늘이여, 물의 흐름이여, 수목들이여 그리고 초록빛 풀밭이여, 어서 와서 그런 불쾌한 생각으로 더러워진 내 상상을 말끔히 씻어주길 바란다. 나의 영혼은 이제는 모든 큰 감동에 대하여는 잠잠해지고, 감각적인 것에만 움직이게 되었다. 나는 이미 감각만을 가졌다. 이제는 감각만이 고통이나 쾌락을 가져와, 이 세상에 사는 내 기분을 움직이는 것에 불과하다. 내 주위에서 미소짓는 대상에 끌린 나는 그들을 바라보고 대조 비교하여 곧 그들을 분류하여 나는 일약 식물학자가 되었으나, 학자라 해도 끊임없이 자연을 사랑하는 새로운 이유를 찾아내고 싶어서 자연을 연구하는 자로서 필요한 정도의 학자인 것이다.

나는 무엇을 공부하려는 것은 아니다. 공부하기에는 이미 늦었다. 또한 학문이 인간의 행복에 공헌한 예를 한 번도 본 적이 없다. 나는 오직 수고하지 않고 맛볼 수 있고, 나의 불행을 잊게 해주는 유쾌하고 단순한 즐거움을 얻고 싶을 뿐이다. 나는 돈을 쓸 필요도 없고 수고하지도 않고 정처없이 풀에서 풀로, 식물에서 식물로 떠돌아다니며 그들을 조사하고, 그들의 여러 가지 특징을 비교하고, 서로 다른 점에 주의를 기울여 가며 식물 조직을 관찰하고, 이 살아 있는 기계들의 움직임과 기구를 추궁하고, 때때로 일반적 법칙이나 여러 가지 구조의 원인과 목적 탐구에 성공하여, 그런 모든 즐거움을 부여해 주는 자에 대한 감사에 넘친 경탄에서 생기는 매력에 도취하는 것이다.

식물이라는 것은 하늘의 별과 마찬가지로, 즐거움과 호기심의 매력으로 사람을 자연 연구에 유인하기 위하여 땅 위에 풍부하게 뿌려져 있는 것 같다. 그러나 별은 우리들에게서 먼 곳에 놓여 있다. 예비적인 지식이나 대규모의 관측 기계나 설비가 없으면 별을 붙잡아 우리들의 고찰 범위로 그것을 가져올 수 없다. 하지만 식물은 처음부터 여기에 있다. 그것은 우리들의 발 아

래, 다시 말해서 우리들 손 안에서 싹튼다. 그런데 그
주요 부분은 아주 작으므로 육안으로는 보이지 않을 수
도 있어도, 그것을 보여 주는 기계는 천문 기계에 비하
면 훨씬 쉽게 사용할 수 있다. 식물학은 고독하게 사는
한가한 게으름뱅이에게 적합한 연구이다. 한 개의 바늘
과 한 대의 확대경, 그것이 식물을 관찰하기 위해 그가
필요로 하는 기구의 전부이다. 그는 이리저리 돌아다니
며 마음대로 하나에서 다른 것으로 배회하며, 흥미와
호기심을 가지고 꽃들을 조사해 본다. 그리고 그 구조
의 법칙을 알게 되면, 그것을 관찰하는 데 큰 기쁨을
느낀다. 아무 수고 없이 얻을 수 있는 것이면서 매우
수고해서 얻은 것 같은 큰 기쁨이다. 그런 한가한 인사
(人士)의 일에는 정열이 완전히 가라앉았을 때가 아니
면 느껴지지 않는 매력, 더구나 그 경우엔 그것만으로
생활을 행복하고 기분좋은 것으로 만드는 데 충분한 매
력이 있다. 그러나 거기에 직업 때문이라든가, 책을 쓰
기 위한 것 등의 이해심, 또는 허영심이 섞이게 되든가,
단지 가르치기 위해 공부한다든가, 저자나 교수가 되기
위해서 식물 채집을 하게 되면 그런 유쾌한 매력은 모
두 사라져 버리고 식물 속에서 정열의 도구를 보는 데
지나지 않게 된다. 그 연구에는 이미 마음으로부터의
기쁨은 전혀 느껴지지 않고, 사람들은 이제는 알려고도

하지 않으며 알고 있는 것을 자랑하고 싶어 숲속에 있으면서도 세상의 무대 위에 서 있는 것처럼 갈채를 받으려고 애쓰게 된다. 혹은 기껏 서재나 정원 식물 속에 틀어박혀 자연 속에 있는 식물을 관찰하지 않고 체계나 방법 등만을 염두에 두지만, 그런 것은 그칠 줄 모르는 논쟁의 주제로서 그것에 의해서는 하나의 새로운 식물도 모르는 것과 같으며 식물학에도 식물계에도 하등의 참된 해명을 가져오는 것은 아니다. 증오나 그때 명성을 떨치려는 경쟁심 때문에 증오나 질투가 생겨 다른 분야의 학자들과 마찬가지로 혹은 그 이상으로, 작가적 식물학자 사이에 일어나는 것들이다.

이 사랑스러운 연구를 왜곡함으로써 그들은 그것을 도시나 학회 가운데 옮겨 놓는데, 그곳에서 이 연구는 이국의 식물이 호기심 만만한 사람의 정원에서 변질해 버리는 것과 마찬가지로 변질해 버린다. 그것과는 전혀 다른 태도로 임한 이 연구가 나에게는 일종의 정열이 되어, 그것은 이미 모든 정열을 상실해 버린 나의 공허를 채워 준다. 나는 바위나 산에 기어올라가 계곡이나 숲속 깊숙이 숨어서 될 수 있는 한, 사람에 대한 기억이나 간악한 사람들의 공격으로부터 피하려고 한다. 나는 숲속 나무 그늘에 있으면 사람들로부터 잊혀지고 눈앞에 적이 없으므로 자유롭고 평화스러운 기분이다. 혹

은 울창한 숲은 나의 추억에서 적을 멀리하도록 그들의
공격으로부터 나를 보호해 주기도 하는 것처럼 여겨진
다. 그리고 어리석은 일이지만 이쪽이 상대방 일을 생
각하지 않으면 상대방에서도 이쪽을 생각하지 않을 것
이다. 그런 환상은 나에게 큰 위안이 되므로 혹 내 경
우나 연약함, 또 그 필요가 그것을 허용한다면 나는 그
것에 완전히 젖어버릴 생각이다. 그런 경우에, 내가 놓
여져 있는 고독의 정도가 깊으면 깊을수록 어떤 대상이
그 공허를 채워 줄 필요가 있다. 그리고 나의 상상을
거절하는 것, 추억이 물리치는 것 대신에 나타나는 것
은 대지가 사람의 힘을 빌리지 않고 곳곳에서 내 눈앞
에 전개시켜 주는 자연의 산물이다. 사람이 없는 곳으
로 새로운 식물을 찾으러 가는 즐거움 가운데는 적으로
부터 빠져나가는 기쁨이 잠재해 있다. 그래서 나는 인
기척을 전혀 들을 수 없는 곳까지 오면 안도의 숨을 쉬
고, 이제는 사람의 증오가 추적해 오지 않는 피난처에
있는 것같이 안락하다.

전에 클레르크 판사의 산(山)인 라 로벨라 근처에서
했던 식물 채집을 나는 일생 잊지 못할 것이다. 나는
혼자서 산 속 깊은 분지로 들어가고 있었다. 그리고 숲
을 빠져 바위를 따라 생전 본 적도 없는 것 같은 자연
그대로의 깊이 숨은 곳으로 들어갔다. 검은 전나무에

거대한 너도밤나무가 섞여 있으며, 몇몇 나무는 쓰러져
서로 엉켜서 넘을 수 없는 울타리처럼 이 장소를 막고
있었다. 이 어두운 요새의 울타리에 겨우 남겨진 틈새
저편에 있는 것은 가파른 바위, 무서운 절벽뿐이었다.
나는 그 절벽을 엎드려서 간신히 내려다볼 수 있었다.
부엉이, 올빼미, 흰 꼬리수리 같은 것들이 산 속에 그들
의 울음 소리를 울리고, 진기하지만 귀에 익은 새의 종
류가 그대로 이 적막함 가운데 무서운 광경을 완화시켜
주고 있었다. 그곳에서 나는 헤프다힐로스 · 시클라멘 ·
니두슈아뷔스 · 큰 라세르피티옴, 그 밖에 몇 몇 식물을
발견했는데, 그것은 나를 매혹하고 오랫동안 즐겁게 했
다. 그러나 알지 못하는 동안 주위의 강렬한 인상에 영
향받아 나는 식물학이나 식물에 대한 것을 잊고, 리코
포디옴과 이끼를 베개 삼아 몸을 눕히고 안정된 기분으
로 몽상에 잠기기 시작했다. 이곳은 이 세상에서 아무
도 아는 사람이 없는 피난처이며, 여기 있으면 박해자
에게 발각되는 일도 없을 것이라고 생각했다. 나는 무
인도를 발견한 대여행가에 나를 견주어 보았다. 그리고
아마도 나는 여기 들어온 최초의 사람일 거라고 중얼거
리면서 혼자 흐뭇했다. 나는 나를 제2의 콜럼버스쯤으
로 생각했다. 이런 것을 생각하며 의기양양할 때, 그다
지 멀지 않는 곳에서 무슨 달가닥거리는 소리가 확실히

들린 것 같았다. 나는 귀를 기울였다. 그 소리는 또 들
리더니 이어 빈번해졌다. 깜짝 놀랐으나 이상한 생각도
들어서 멈춰서서 소리가 들려오는 방향의 밀림 사이를
들여다보니, 내가 최초로 발을 들여 놓았다고 생각하던
그곳에서 약 20보 떨어진 계곡 밑에 양말 공장이 보였
다.

　이것을 발견하자 내 마음의 당황과 그 모순된 기분은
무엇이라고 말해야 좋을지 모른다. 완전히 나 혼자인
줄 알고 있었는데 역시 사람들 틈에 있는 것을 알았다
는 기쁨의 감정을 먼저 느꼈다. 그러나 이 느낌은 번개
처럼 재빨리 사라지고 그 뒤에는 알프스의 동굴 속에
있더라도 나를 괴롭히려고 날뛰는 가혹한 사람의 손에
서 빠져나올 순 없나보다 하는 쓰라린 감정이 오래도록
남아 있었다. 왜냐하면 몽물랭 선교사가 두목이 되어
있던 저 음모, 그러나 그보다 더 먼 곳에 있던 저 음모
에 가담치 않고 있는 것 같은 사람은, 그 공장에 아마
두 사람 이상은 되지 않을 것이라고 나는 확신하고 있
었기 때문이다. 나는 서둘러 이런 불유쾌한 생각을 몰
아냈다. 그리고 나중에는 나의 앳된 허영심이 우스운
결과로 벌받은 것을 생각하고 혼자 웃었다.

　하지만 절벽 밑에서 공장을 발견하리라고는 누가 감
히 상상이나 할 수 있었을까! 야생의 자연과 인간의 기

술과의 혼합을 볼 수 있는 것은 세상에서 오직 스위스 뿐이다. 스위스 전체가 말하자면 하나의 큰 도시에 불과한 것으로서 생 탕트완 거리보다도 폭 넓고 긴 그 가로는 여기저기 숲이 있고 산으로 가로막혔으며, 사방에 산재하고 고립해 있는 집들은 영국식 정원을 지나서 서로 왕래하고 있다. 이 점에 대해서 생각난 것은 다른 때의 식물 채집 일이지만, 그것은 좀더 전에 듀 페루 · 데셔른 · 퓌리 대령 · 클레에르 판사, 그리고 나도 함께 그 산꼭대기로부터 일곱 개의 호수가 내려다보이는 샤스롱 산에 갔을 때의 일이다. 그때 들은 이야기에 의하면, 이 산 속에는 집이 단 한 채 밖에 없는데 그것이 서점이라는 설명을 붙여 주지 않았더라면 그 집에 사는 사람의 직업을 우리는 확실히 몰랐을 것이다. 그뿐 아니라 이 서점은 이 지방에서 제법 장사가 잘 되고 있었다. 이러한 사실 한 가지를 알리는 것만으로도 어떤 여행자의 기록보다도 더 잘 스위스라는 나라를 이해시킬 수 있을 것이다.

다음 이야기도 그와 같은 종류의, 혹은 대충 그에 속하는 또 한 가지의 일인데, 그것도 역시 전혀 타입이 다른 지방 사람의 인품을 가르쳐 준다. 그로노블에 체류하고 있는 동안, 나는 때때로 교외에서 약간의 식물 채집을 했는데 그곳에는 그 지방의 변호사인 보뷔에 씨가 동반했다. 그렇다곤 하더라도 그 사람은 식물학이 좋거나 정통하고 있었기 때문도 아니고 단지 나를 따라온 것에 불과했다. 그는 사정이 허락하는 한은 한 발자국도 나를 떨어지지 않는 습관이 있었기 때문이다. 어느 날 우리들은 에르 강을 따라 가시버드나무가 많이 있는 곳을 산책하고 있었다. 나는 그 관목에 익은 열매가 달려 있는 것을 보고 호기심에서 그것을 맛보았는데, 좀 신맛이 있긴 했으나 아주 맛이 좋아서 기운을 내기 위해 그것을 먹기 시작했다. 보뷔에 씨는 옆에 서 있었으나 나를 흉내내지도 않고 또 아무 말도 하지 않았다. 그때 그곳에 그의 친구 한 사람이 와서 나무 열매를 찾고 있는 나를 보고 말했다.

"여보세요, 뭘 하십니까? 그 나무 열매에 독이 있다는 것을 모르십니까?"

"이 나무 열매에 독이 있다구요?" 라고 나는 아주 깜짝 놀라 소리쳤다.

"있구 말구요." 라고 그 사람은 말을 이었다.

"그건 누구나 다 잘 알고 있어요. 이 지방에서 그것을 먹겠다고 생각하는 사람은 하나도 없습니다."

나는 보뷔에 씨 쪽을 바라보며 말했다.

"그걸 왜 안 가르쳐 주셨지요?"

"아, 참 저는 그런 실례가 되는 짓은 도저히 할 수 없

었읍니다."라고 그는 정중한 어조로 대답했다. 이 도피
네 사람의 겸손한 태도에 나는 웃음을 터뜨렸지만 그래
도 나는 주전부리를 그치지 않았다. 나는 여태껏 상쾌
한 미각을 가진 자연의 산물은 어떤 것이나 몸에 해로
운 일은 없으며, 여하튼 과식만 하지 않으면 해가 되지
는 않는다고 굳게 믿고 있었던 것이다. 그렇지만 나는
그날 종일토록 몸의 컨디션이 걱정되었다는 것을 고백
한다. 하지만 약간 불안한 것을 느꼈을 뿐 별일없이 지
나가 버렸다. 나는 충분히 저녁 식사를 마치고 잘 자고
아침에는 완전한 건강 상태로 눈을 떴다. 그런데 다음
날 그르노블의 모든 사람들 말에 의하면, 이 무서운 가
시버드나무는 아주 조금만 먹어도 독이 퍼진다고 한다.
그것을 나는 어제 열다섯 내지 스무 알이나 삼켰던 것
이다. 이 일이 매우 재미있게 생각되어서 나는 그 일이
생각날 때마다 보뷔에 변호사의 야릇한 사양에 고소를
금치 못한다.

　나는 모든 식물학의 행정(行程), 내 마음에 감동을
준 사물이 있던 장소의 가지가지 인상, 그곳에서 만들
어진 관념, 거기에 섞여 있는 사소한 일, 그 모든 것은
그런 지방에서 채집한 식물을 볼 때 새롭게 소생하는
인상을 나에게 남겨 주었다. 저 아름다운 풍경·숲·호
수·수목·바위·산……　그런 경치에 늘 감동되었던 나

는 이제 다시는 그들을 보지 못할 것이다. 하지만 저 행복한 나라들을 이미 돌아다닐 수 없는 지금에도 나는 나의 표본책을 들추기만 하면 된다. 그것은 나를 곧 그곳으로 데려다 준다. 그곳에서 채집한 식물의 단편은 그 멋진 광경을 충분히 회상시켜 준다. 이 표본책은 내게는 식물 채집 일지로서, 새로운 매력으로 내게 또 채집 여행에 나설 생각을 일깨워 주고, 또 광학적 효과를 내어 여행 광경을 내 눈앞에 그려 준다.

　내가 식물학에 애착을 느끼는 것은 일련의 부수적 관념에 의한다. 식물학은 내 상상에 더욱 즐겁게 생각되는 온갖 관념을 끌어 모아 일깨워 준다. 목장, 물의 흐름·숲·고독, 특히 평화, 그리고 모든 그런 것들 사이에 발견되는 휴식, 그것이 식물학 덕분에 끊임없이 내 기억에 되살아난다. 그것은 사람들의 박해를, 그들의 증오, 경멸, 모욕, 그리고 나의 부드럽고 진지한 애착에 보답하기 위한 그들의 모든 악행을 잊게 해준다. 나를 평화스러운 처소로, 옛날에 함께 살던 단순하고 선량한 사람들이 있는 곳으로 데려다 준다. 나의 청춘 시절을, 나의 죄없는 즐거움을 생각나게 함으로써 다시 한 번 즐겁게 해준다. 그리고 여태까지 견디어 내지 못한 정도의 몹시 비참한 운명에 처해 있는 오늘날까지도 항상 나를 행복하게 해준다.

제8의 산책

　여태까지의 생애의 모든 경우에 있어서 내 마음의 상
태를 돌이켜 보고, 나로서도 매우 뜻밖이라고 생각하는
것은 내 운명은 여러 가지 조성(組成)과 그때그때 보통
내가 느끼곤 했던 행복과 불행의 감정 사이에는 거의
균형을 볼 수 없다는 것이다. 짧은 동안의 성공의 여러
시기의 일도 절실히 느껴지며, 언제까지나 변치 않는
감동을 주어 기분 좋은 추억을 남겨 주지는 못했다.
　그와는 반대로 비참한 생활을 하던 시절에 언제나 나
는 끊임없이 부드럽게 마음에 와닿는 감미로운 감정으
로 충만되어 있는 기분이었는데, 그러한 감정은 마음의
상처에 잘 듣는 향유를 부어 고통을 쾌감으로 바꿀 것
같았기 때문에, 그 흐뭇한 추억은 같은 때에 맛본 불행
의 추억에서 분리되어 홀로 나의 마음속에 되살아난다.
　운명에 의해서 말하자면 마음 주위에 결박된 감정이
외부를 향해 발산하는 일도　없고, 사람이 존중히 여기
는 것—그것 자체가 전혀 존중히 여겨질 가치가 없으면
서 행복하다고 생각하는 사람들의 유일한 관심의 초점
이 되는 것—외에 깃드는 일도 없는 그러한 경우에, 나

는 더 한층 존재의 기쁨을 맛보았던 것 같으며, 그것이
실제로는 더 오랫동안의 일이었던 것 같기도 하다.

　나의 주위에서 모든 것이 정상적인 상태일 때, 주위
에 있는 모든 것, 그 가운데 살지 않으면 안 되는 세계
에 만족감을 가지고 있는 경우, 나는 그 세계를 애정으
로써 충만시키고 있었다. 밖으로 넘치는 나의 영혼은
다른 것 위에 퍼지고, 또 여러 가지 기호(嗜好)에 따라,
항상 나의 마음을 차지하고 있는 흐뭇한 애착으로 늘
멀리로 유인되는 나는 어떤 의미로 나 자신을 잊어버리
고 마는 것이었다. 나는 나와 인연 없는 것에 매우 몰
두해서 끊임없는 마음의 동요 가운데 세상 만사의 허무
함을 절실히 느낀다. 표면으로는 행복해 보여도 그곳에
는 반성하면 곧 무너져 없어지는 것 같은 감정이 있을
뿐, 그것은 정말로 즐길 수 있는 감정은 아니었다. 타인
에게나 자신에게 완전히 만족하는 일은 결코 없었다.
사교계의 소란한 분위기는 나를 멍하게 하고 고독은 나
를 우울하게 만들었다. 나는 늘 장소를 바꿀 필요를 느
꼈으나 어디를 가도 소용없었다. 하지만 나는 어디를
가나 환대와 환영을 받고 인기가 있었다. 나에게는 한
명의 적도 없었다.

　누구 하나 악의를 갖는 자도 부러워하는 자도 없었
다. 사람들로부터 친절하게 대우받았고 나로서도 자진

하여 많은 사람들에게 친절을 베풀었다. 게다가 재산도
없고, 지위도 배경도 없고, 뛰어난 재능을 충분히 발휘
해서 세상에 알려지는 그런 일도 없었으나, 모든 그러
한 것에 따르는 특전을 누리고 있던 나에게는 어떠한
신분을 가진 사람의 경우를 보아도 나의 경우보다 더
낫다고 생각되지는 않았다. 그러므로 그처럼 행복한 나
에게 무엇이 부족하였는지를 나는 모른다. 그러나 행복
하지 않았던 것은 안다. 오늘은 보다 더 불행한 사람이
되기 위해서 나에게 무엇이 결핍되어 있나? 그것을 위
해 내 힘으로 할 수 있는 일은 모두 해버렸다. 그러나
이 가엾은 상태에 놓여 있는 나는 그래도 그들 가운데
가장 은혜받은 자의 대리가 되려고도, 그 사람과 운명
을 바꾸려고도 생각지 않을 것이다. 그리고 이 세상의
한창 때인 그들 중의 하나인 것보다는 아무리 보잘것없
어도 나 자신인 편이 훨씬 낫다고 생각한다. 외톨이가
되어버린 나는 나 자신의 생존을 양식으로 삼는 것이
사실이지만 그것은 고갈하는 일이 없다. 이를테면 나는
텅빈 위를 가지고 소화 운동을 하고 있고, 상상이 고갈
하고 관념이 사라져서 이미 마음의 양식을 공급해 주지
않는다 해도 나는 나 자신에 만족하고 있다. 육체 때문
에 싸이고 갇혀 있는 나의 영혼은 나날이 쇠약해져서
이 무거운 영혼의 중압으로 허덕이며 낡아버린 껍질 밖

으로 옛날과 같이 튀어나갈 만한 힘은 이미 가지고 있
지 않다.

 역경으로 말미암아 우리들은 이처럼 부득이 자신으로
돌아오게 된다. 또한 아마도 그 때문에 역경이란 대다
수의 사람들에게 무엇보다도 견디기 어려운 것이리라.
과실 이외에는 스스로 책망할 것이 없는 잘못을 저지르
기 쉬운 나의 연약함을 책하며, 나 스스로를 위로한다.
계획적인 악이란 한 번도 내 마음에 비친 일이 없으니
말이다.

 그러나 바보가 아닌 이상 한 순간이라도 나의 경우를
자세히 관찰하면, 사람들이 지어낸 그 경우가 얼마나
무섭다는 것을 알며 그러면 고뇌와 절망으로 파묻히지
않을 수 없을 것이다. 나는 전혀 그런 일은 없다. 가장
감수성이 강한 동물인 나는 그것을 숙고하면서도 아무
감동도 받지 않는다. 그리고 무릎을 꿇지도 않고 기운
을 내려고도 하지 않고, 다른 사람이라면 누구라도 공
포를 느끼지 않고는 볼 수 없는 그런 상태에 있는 나를
거의 무관심하게 바라본다.

 어째서 나는 그렇게까지 되었나? 왜냐하면 그런 줄
도 모르고 오래 전부터 나를 둘러싸고 있던 음모에 처
음으로 의아심을 품었을 때 그런 마음의 준비는 전혀
되어 있지 않았기 때문이다. 그 새로운 발견이 나를 아

찔하게 했다. 비열과 배신은 뜻밖에도 나를 휘어잡았
다. 성실한 영혼에 어떻게 그런 형벌에 대한 준비가 되
어 있겠는가? 그러한 것을 예측하려면 그러한 형벌을
받을 만한 근거가 있는 사람이라야 할 것이다. 나는 나
의 발앞에 파인 모든 함정의 하나하나에 빠졌다. 격동
과 분노와 착란이 나를 휘어잡았다. 나는 방향 감각을
잃고 머리가 혼란해졌으며 사람들이 언제까지나 나를
비끄러 매 두려고 하는 무서운 이 암흑 속에서 이미 나
의 방향을 비쳐주는 불빛도, 거기 꼭 매달려 나를 끌어
가는 절망감에 저항할 수 있게 하는 기둥도 근거도 찾
을 수 없었다.

이 가공할 만한 상태에서 어떻게 행복하게 살 수가
있단 말인가? 그러나 나는 지금도 그 상태에 있을 뿐만
아니라, 옛날보다 더 깊이 빠져 있으면서 안정과 평화
를 회복했다. 그리고 내가 꽃과 수술, 아이들에게 정신
이 팔려 평온하게 살고 있는 동안에도, 박해자들이 믿
을 수 없을 정도의 고통을 스스로 당하고 있는 것을 보
고 웃음이 나온다.

이 변동은 어떻게 행하여졌나? 자연히, 모르는 동안
그리고 고통 없이 행해졌다. 최초의 습격은 무서웠다.
사랑과 존경에 알맞는 사람이라고 스스로 생각하고 있
던 나, 의당 그래야 될 일이지만 존경과 사랑을 받고

있는 것으로 믿고 있던 나는 갑자기 이때까지 존재한 일도 없는 괴물로 바뀐 자신을 보았다. 눈앞에 한 시대의 인간 전체가, 설명도 하지 않고 의문도 갖지 않으며 뻔뻔스럽게도 이런 기괴한 견해로 빠져 들어간다. 그리고 나는 이 기괴한 운동의 원인을 아는 일조차도 언제까지 이루어질지 아득하다. 나는 맹렬히 저항해 보았으나 더욱더 몸이 결박되는 것 같았다. 나는 박해자들로 하여금 나와 대결하게 했으나 그들은 상대하지 않았다. 오랫동안 헛되이 고통을 겪은 뒤, 어쨌든 숨을 쉴 필요가 있었다. 그래도 언제까지나 나는 희망을 잃지 않았다. 나는 마음속으로 중얼거렸다. 이 바보 같은 맹목 상태가, 이 어리석은 편견이 전 인류를 휩쓸 수는 없다고 …… 그런 착란을 함께 나누지 않는 양식을 가진 사람들이 있다. 기만이나 배반자를 증오하는 올바른 영혼을 가진 사람들이 있다. 찾아보자. 아마 결국 한 사람은 찾아내겠지. 그 사람을 찾으면 그들은 항복하는 셈이다. 나는 찾아 보았지만 노력은 허사로 돌아갔다. 동맹은 전 세계에 퍼져 있어 한 사람의 예외도 없이 복귀 불능이었다. 그리고 나는 언제까지나 그 비밀을 알아내지 못한 채 이 무서운 추방 속에서 일생을 마칠 것이 틀림없다.

이처럼 비통한 상태에서 오랫동안 고민 끝에 결국 나

의 몫이 되는 듯싶었던 절망감 대신, 나는 또다시 명랑한 마음·침착성·평화 그리고 행복조차도 발견한 것이다. 그것은 나날의 내 생활이 어제의 기쁨을 가지고 생각나게 하며, 내일을 위해서도 그것과 다른 날을 원하지 않기 때문이다.

이 차이는 어디서 생긴 것일까? 그 근거는 오직 한 가지이다. 그것은 내가 투덜거리지 않고 필연의 지배를 찾아내는 것을 배웠기 때문이다. 나는 여전히 여러 가지 것을 붙잡으려고 노력하고 있었다. 그 근거가 차례차례 없어지고 나 혼자 남게 되어 결국 나의 본바탕으로 돌아왔기 때문이다. 나는 팔방에서부터 공격을 받아 균형을 유지하고 있다. 왜냐하면 나는 이제 어느것과도 관계 없이 오로지 나에게만 의지하고 있기 때문이다.

세론(世論)에 대해서 내가 핏대를 올리고 있었을 때는 나도 모르는 사이에 세론의 속박을 받고 있었던 것이다. 사람들은 존경하고 있는 사람들로부터 존경받고 싶어한다. 그래서 내가 적어도 약간의 사람들에게 호감을 가지고 있었던 동안은 그들이 내게 하는 판단에 나는 무관심할 수 없었다. 나는 세상 사람들의 판단은 흔히 공정하다고 생각했다. 그러나 그 공정이 우연의 결과라는 것, 사람들이 그 견해를 내세우는 기준은 단지 그들의 정열에서, 또는 정열로 인해서 품는 편견에서

나오는 것 또 그들이 옳게 판단하는 경우에도 그 옳은
판단은 흔히 좋지 않은 원칙에서 생긴다는 것——어떤
사람이 무엇에 성공하면, 정의로운 정신에서가 아니라
공평한 체하기 위해, 그 사람의 공적을 존경하는 체하
면서 한편 다른 점에서 충분히 중상하는 경우와 같이—
——을 나는 몰랐었다.

그러나 오랫동안의 헛된 탐색 끝에 그들 모두가 예외
없이 지옥의 정신이 아니면 생각나지 않을 듯한 가장
부정하고 어리석은 조직 속에 머물고 있는 것을 보았을
때, 일단 내게 관해서는 이성은 모든 사람의 마음에서
부터 축출되고 있는 것을 보았을 때, 일찍이 누구에게
나 해를 끼치거나 끼치려고 해본 일이 없는 한 불운한
사람에 대하여 열광적인 세대가 그 지도자의 맹목적인
격정에 완전히 사로잡혀 있는 것을 보았을 때, 헛되이
한 사람을 찾아다닌 후 마침내 나의 등불을 끄고 이젠
사람은 없어졌다고 외치지 않을 수 없었을 때에야 비로
소 나는 내가 이 세상에서 외톨인 것을 알고, 나와 동
시대인은 나에게는 기계적인 생물에 불과하며, 그들은
단지 충격에 의해서 행동할 뿐 그 행동은 운동 법칙에
의해서만 계산할 수 있음을 깨달았다. 어떤 의도나 어
떤 정열을 그들의 영혼 속에 가정할 수 있었다 해도 그
들은 나에 대한 태도를 내가 납득할 수 있을 듯한 방법

으로 설명하지는 못했을 것이다. 이런 이유로 그들의
정신 상태는 나에게는 하등 고려의 여지가 없게 된 것
이다. 나는 이미 그들을 내게 대해서는 모든 도덕성을
상실한 여러 가지 움직임을 갖는 덩어리로 볼 뿐이었
다.

　우리에게 어떤 불행이 생기면 우리들은 늘 결과보다
의도를 중요시한다. 지붕에서 떨어지는 기와는 훨씬 심
하게 우리들에게 상처를 입힐는지 모르지만, 악의를 가
진 사람의 손에 의해 고의로 던져진 작은 돌만큼 우리
들에게 타격을 주는 일은 없다. 타격의 과녁은 때로는
맞지 않는 수도 있지만 의도는 반드시 그 목표를 달성
한다. 운명의 공격을 당한 경우, 육체적인 고뇌는 가장
가볍게 느껴진다. 그러므로 불운한 사람이 그 불행을
누구의 탓으로 해야 좋을지 모를 때 그것을 운명 탓으
로 하여 그것을 인격화시켜, 눈이나 지성을 갖춘 존재
로서 고의로 자기들을 괴롭히고 있는 것이라고 생각한
다. 그래서 가령 돈을 잃고 속이 상한 노름꾼은 누구한
테 화를 내야 좋을지 모르면서 무턱대고 화를 낸다. 운
명이 고의적으로 자기에게 달려들어 괴롭히고 있다고
그는 상상하고, 이렇게 화낼 자료를 찾아 자기가 만들
어낸 적을 향해서 흥분하고 분개하는 것이다. 현명한
사람은 어떠한 재난을 당해도 만사를 맹목적인 필연에

서 오는 것이라고 생각하고 그렇게 분별없이 떠들지는 않는다. 고뇌를 느껴 고함을 쳐도 흥분하거나 노여워하지 않는다. 불행의 공격을 받으면서도 그는 단지 그것이 육체에 미치는 고통을 느낄 뿐이며 그에게 가해지는 공격은 헛되이 그의 몸에 상처를 입힐 뿐 결코 그의 심정에까지 이르지는 않는다.

그런 처지에 이르렀다는 것은 대단한 일이지만 그것만으로 만사가 해결되지는 않으며 그것만으로 멈춰 있다면, 그것은 과연 화는 끊어버린 것이지만 화근은 남게 된다. 왜냐하면 그 뿌리는 우리들과 인연 없는 존재 속에 있는 것이 아니라 우리들 자신 가운데 있기 때문이며, 그곳에서 화근을 뽑아 버리도록 노력하지 않으면 안 된다. 내가 나의 이성을 되찾게 되자 곧 그것이 명백해졌다. 나의 신상에 일어나는 일에 어떠한 설명을 하려고 해도 이성은 그것을 부조리라고만 말하기 때문에 나는 알아차린 것이다. 즉 모든 그러한 일의 원인과 수단과 방법은 나에겐 알 수도 없고 설명할 수도 없으니까, 나에겐 마땅히 무의미하다. 내 운명에 따르는 여러 사정은 모두 단순한 운명 탓으로 간주해야 하며, 목적이나 의도, 도덕적 원인을 따져 보아서는 안 된다. 그것에다 투덜거리거나 저항해 보아도 소용없으니까 복종하지 않으면 안 된다. 또한 내가 이 세상에서 해야 할

일은 결국 자신을 완전히 수동적인 존재로 여겨야 할
것이며, 운명을 이겨내기 위해서 남겨진 힘은 운명을
거역하기 위해서 헛되이 써버리면 안 된다.──그러한
말을 나는 자신에게 일러 주었다. 나의 이성은 굴복했
으나, 그래도 아직 마음은 불만스럽다. 그 불평은 어디
서 생겼나? 나는 그것을 알게 되었다. 그것은 자존심에
서 생겼다. 그 자존심은 사람에게 화내고 난 뒤에 또다
시 이성에 대항한다.

　이 발견은 사람들이 생각할 정도로 용이한 것은 아니
었다. 왜냐하면 죄없이 박해당하고 있는 사람은 그의
인색한 개성에 대한 긍지를 오랫동안 순수한 정의에의
사랑으로 잘못 착각하고 있기 때문이지만, 또한 참된
근원이 한번 뚜렷하게 알려지면 그 흐름은 쉽사리 적어
도 방향을 바꿀 수가 있다. 자신에 대한 존경심은 긍지
를 갖는 영혼의 최대의 동력이다. 한편 자존심은 여러
가지 환상을 그려 보여 주고, 모습을 바꾸어 자존심을
자신에 대한 존경과 잘못 혼돈하게 한다. 그러나 일단
그 속임수가 뚜렷해져서 자존심이 숨어 있을 수 없으
면, 그때 그것을 두려워할 필요가 없기 때문에 그것을
뿌리째 뽑아 버리기란 어렵겠지만 적어도 그것을 눌러
버리기는 쉬운 것이다.

　나는 원래 그다지 자존심이 강한 사람은 아니었다.

그러나 이 후천적인 정열은 사교계에 나가면서부터 특히 저작자였던 때부터 심해졌다. 그래도 다른 사람들보다는 덜했다고 생각하나 하여튼 자존심이 강했다. 내가 받은 무서운 교훈은 이윽고 나의 자존심을 그 최초의 한계 속에 가두어 버렸다. 처음에 그것은 부정에 대해서 반항했으나 나중에는 경멸하게 되었다. 그것은 나의 영혼 속에 틀어박혀 초조해지는 외부와의 관련을 끊고 비교나 선택을 단념하고, 나 자신에게는 선한 사람이라는 것만으로 만족하였다. 거기서 자존심은 나 자신에 대한 사람으로 되돌아와, 자연의 질서를 회복하고 세론의 속박에서 나를 해방시켜 주었다.

그 뒤, 나는 또다시 영혼의 평화와 거의 지복(至福)에 가까운 것을 발견했다. 어떤 경우에 처해 있을지라도 사람들이 끊임없이 불행한 것은 오직 자존심 때문이다. 자존심이 입을 다물고 이성이 이야기할 때, 이성은 이내 우리들의 힘으로는 물리칠 수 없는 불행을 위로해 준다. 이성은 또한 그 불행이 직접 우리들의 몸에 미치지 않는 한 그것을 소멸시키기도 한다. 즉 그 경우에는 그것에 정신을 쓰지 않게 되면 아무리 심한 타격도 피할 수 있는 것이 확실하기 때문이다. 그것을 생각하지 않는 자에게 그 타격은 아무 뜻도 없다. 비열 ·복수·부정·모욕과 같은 것은 그가 참고 견디어 가고 있는

불행 가운데서 오직 악 그 자체만을 보고 그 악의 의도
를 보지 않는 자와, 그 사람 자신의 평가에 따른 지위
는 다른 사람이 마음 내키는 대로 주는 지위에 흔들리
지 않는 자에게 있어서는 무와 동등하다. 사람들이 나
를 어떻게 보려고 했든간에 그들이 나의 존재를 바꿀
수는 없을 것이고, 그들의 세력에도 불구하고 또 그들
의 모든 비밀스런 음모에도 불구하고, 그들이 어떤 일
을 하든 미안하지만 나는 언제까지나 현재대로 있을 것
이다. 나에 대한 그들의 태도가 나의 현실적 입장에 영
향을 끼치는 것은 사실이다. 그들과 나와의 사이에 가
로놓인 울타리는 노쇠하고 궁핍한 나에게서 모든 생활
수단과 보조의 길을 빼앗고 있다. 그것은 돈조차도 나
에게는 무익한 것으로 만들어 준다. 돈을 가지고도 나
에게 필요한 서비스를 제공받을 수 없기 때문이다. 그
들과 나 사이에는 이미 거래, 상호적인 원조, 서신 왕래
도 없다.

그들 가운데 있으면서 외톨이인 나에게 의지되는 것
은 자신뿐이라곤 하지만, 나와 같은 나이에 이러한 상
태에 놓여 있으면 진실로 든든치 못한 의지이다. 그 불
행은 크지만 초조해하는 일도 없고, 그것을 참을 수 있
게 된 뒤부터 나에게 그것은 하등의 힘도 없게 되었다.
정말로 결핍이 느껴지는 일은 대개 여간해서 드물다.

앞일을 생각하거나 상상하면 그러한 결핍이 부가된다. 이와 같은 감정이 계속됨으로써 사람들은 불안해지기도 하고 자신을 불행하게 만들기도 하는 것이다. 나는 내일 곤란할 것을 알았댔자 소용없으므로 오늘 곤란하지 않는 것만으로도 충분히 마음 편할 수 있다. 나는 앞에 보이는 고통을 걱정하지 않는다. 오직 현재 느끼고 있는 괴로움에 시달림을 받을 뿐이다. 그러므로 그 괴로움도 극히 사소한 것이 되어버린다. 나는 홀로 잠자리에 남아서 가난과 추위와 굶주림으로 죽어버릴지도 모르며 그것을 걱정해 주는 사람도 없을 것이다. 그러나 그것은 나 자신에게도 걱정스럽지 않고 또 내 운명이 어떻든 다른 사람과 마찬가지로 자신에게도 고통스럽지 않으며 그런 일은 전혀 아랑곳할 필요 없지 않는가? 삶과 죽음, 질병과 건강, 부와 빈곤, 영광과 치욕 등을 동등하게 무관심한 태도로 보기를 배웠다는 것은 특히 내 나이에 있어서는 헛되지는 않을 것이다. 노인이란 모두 매사에 불안을 느낀다. 나는 어떠한 일에도 불안해지지 않는다. 무슨 일이 생겨도 그것은 모두 나에겐 무관심한 것뿐이다. 더구나 이 무관심한 태도는 나의 지혜에서 생긴 것은 아니고 내 적의 선물로서, 그것은 그들이 나에게 준 괴로움의 보상이다. 불행한 처지에 무감각해지게 함으로써, 그들은 공격을 용서해 준 때보다도 더욱 고마운 일을 해주었던 것이다. 그와 같은 불행을 경험하지 않았다면 그것을 언제까지나 두려워하고 있었을지도 모르지만, 그것을 극복하고 있는 이 마당에 아무 것도 두려울 것이 없다.

이런 태도에 의해서 사면초가(四面楚歌)의 생활을 하면서도 나도 선천적인 게으름을 부릴 뿐만 아니라, 마치 아무 불만 없는 행운 가운데 살고 있는 듯이 완전히 거기에 빠져 있었다. 눈앞의 사물에 의해서 더없이 비참한 불안으로 되돌아가는 짧은 시간을 제외하고, 나머지 시간은 언제나 나를 이끄는 애정이 뻗치는 대로 나의 마음은 아직도 여전히 그에 적합한 감정에 의하여 자라나, 그것을 만들어 내고 또한 그것을 나누는 가공의 존재와 함께——마치 그 존재가 현실적인 것처럼 생각하고——즐기고 있다. 그들의 존재는 그것을 만들어 낸 나를 위해 존재하는 것으로서 나를 배반하거나 버릴 우려도 없다. 그것들은 나의 불행이 계속되는 한 계속될 것이고, 또한 그것만으로도 불행을 잊게 해줄 것이다.

모든 것은 나를 행복하고 흐뭇한 생활로 되돌려 준다. 나는 그런 생활을 위해서 태어났다. 나는 혹은 지적이며 또 즐겁기만 한 일에 착수하여 그것이 주는 감미로움을 느끼며 나의 정신과 관능을 맡기고, 혹은 내 심

정에 알맞게 꾸며낸 공상적인 아이들과 놀면서 감정을
키우며, 또는 나 홀로 스스로에 만족하여 그것만으로도
마땅히 주어져야 되는 것이라고 생각할 수 있는 그 행
복으로 가득 차서 하루 생활의 대부분을 지내고 있다.
모든 이런 일에 있어서는 나 자신에 대한 사랑이 작용
하고 있으며, 거기엔 자존심이란 조금도 포함되어 있지
않다. 지금도 사람들 가운데서 거짓 동정이나 허풍 섞
인 사람을 얕보는 빈말이나 감언에 농락되고 있을 때에
는 그렇지 않다. 그 경우에는 어떻게 행동하든지,

아무리 해도 자존심이 개입된다. 얇은 포장을 통해서
그들 마음 가운데 증오와 적의를 볼 때 나의 가슴은 고
뇌로 찢기고, 이렇게 어리석은 놀림감이 되어 있다는
생각은 그러한 고뇌에 진실로 아이들 같은 분노조차 느
끼게 되는데, 그것은 어리석은 자존심의 결과로서 실제
로 우스꽝스러우면서도 억제할 수가 없다. 그런 무례하
고 조소하는 듯한 눈초리에 견뎌내려고 애쓰는 노력이
란 상상을 초월할 정도이다. 그런 잔인한 것에 익숙해
지려는 오직 그 일념에서 나는 사람들이 모이는 유흥가
나, 사람들이 제일 많이 다니는 장소를 몇 번이나 지나
다녔던가! 그러나 나는 그것을 성공할 수 없었을 뿐만
아니라 진보라고는 조금도 없었다. 또한 괴롭고 무익한
온갖 노력 뒤의 나는 여전히 전과 같이 곧 흥분하고 상

처 입고 화를 내기 쉬운 사람이었다.

관능의 지배를 받고 있는 나는 어떤 것을 해도 그들 인상에 반항하는 짓은 결코 할 수 없었고, 대상이 관능에 작용하는 한 내 마음은 그것에 영향받지 않을 수 없었다. 그러나 그 감정은 일시적이며, 원인인 감각이 있는 동안밖에는 계속되지 않는다. 증오를 가진 사람이 그곳에 있으면 나는 매우 마음이 흔들린다. 그러나 그 사람의 자취가 보이지 않으면 곧 인상도 사라진다. 그 사람이 없어진 순간부터 나는 이미 그를 생각하지 않는다. 그가 나를 어떻게 생각할까 하는 것을 헤아려 보려고 해도 안 된다. 나는 그를 생각할 수 없다. 현재 느끼지 않는 괴로움은 전혀 내 마음을 움직이지 못한다. 눈앞에 없는 박해자는 존재하지 않는 것과 마찬가지이다. 이런 태도가 내 운명을 좌우하는 자에게는 얼마나 유리한지 나도 그것은 알고 있다. 그러니까 그들은 하고 싶은 대로 이용을 해보라지…… 공격으로부터 몸을 보호하기 위하여 하는 수 없이 그들의 일을 생각하게 되느니보다는, 그들이 저항도 하지 않는 나를 괴롭혀 주는 편이 나에겐 훨씬 고마운 일이다.

나의 관능이 나의 마음에 끼치는 그 작용이 내 생활의 유일한 고통이다. 아무도 만나지 않는 장소에서는 나는 더이상 나의 운명에 대해서 생각지 않는다. 더이상 느끼지도 않고 괴로워하지도 않는다. 기분 전환이나 방해물 없이 나는 행복하며 만족한 것이다. 그러나 뚜렷한 어떤 타격에서 내가 모면하고 있는 일은 극히 드물며, 전혀 생각하지도 않을 때에 사소한 몸짓이나 불유쾌한 눈초리를 보거나 가시 돋친 말을 듣거나 악의를 가진 자와 만나는 그것만으로도 충분히 내 마음은 뒤집혀 버린다. 그런 때 내가 할 수 있는 일은 곧 잊어버리는 것, 또한 도피하는 일이다. 내 마음의 동요는 그 원인이 되었던 것이 사라짐과 동시에 없어지고, 혼자 남으면 나는 곧 평온한 상태를 되찾는다. 그래도 무엇인가 행여 나를 불안하게 하는 것이 있다면 그것은 도중에 무슨 새로운 고뇌의 원인에 부딪치지나 않을까 하는 두려움이다. 그것만이 걱정의 근원이다. 또한 그것만으로도 이미 나의 행복은 파손되어 버린다. 나는 파리의 한복판에 살고 있다. 집을 나오면서 나는 전원과 고독을 그린다. 그러나 그러려면 멀리 나가야만 하기 때문에 마음놓고 숨쉴 수 있기도 전에, 나는 길가에서 가슴을 조이게 되는 여러 가지 것을 보고, 찾아가는 안식의 땅에 이르기까지는 하루의 절반이 고민 속에 지나간다. 그래도 어쨌든 목적에 다다르게 나를 가만두는 것만도 다행이다! 사악한 사람들의 행렬에서 빠져나온 순간 무엇이라 말할 수 없이 기쁘다. 그리고 나무 밑 푸른 풀밭에 있는 나 자신을 보게 되자마자 나는 지상의 낙원에 있는 것같이 마치 이 세상에서 가장 행복한 사람이라도 된 듯 활발한 내심의 환희를 맛본다.

오늘 이처럼 즐거운 고독한 산책이 그 짧은 성공의 시절에는 늘 무미건조하고 우울하게 느껴졌던 것을 나는 뚜렷하게 상기한다. 어떤 시골의 별장에 있을 때 운동을 하거나 공기를 마시고 싶은 욕구를 느껴 흔히 자주 밖으로 나갔으며, 마치 도둑처럼 살짝 집을 빠져나와 공원이나 들판 쪽을 산책하곤 했다. 그러나 오늘날 맛보고 있는 것 같은 행복한 고요함을 그곳에서 찾기는커녕 나는 응접실에서 머릿속에 있던 헛된 관념에서 솟아오르는 흥분을 지니고 그곳으로 갔다. 응접실에 두고 온 그 여인에 대한 추억은 고독 속에서도 나의 마음을 떠나지 않았다. 연기와 같은 자존심과 사교계의 소란한 공기가 상쾌한 수목들조차 나의 눈에 지저분하게 보여지며, 고요한 장소의 평화를 흩어지게 하는 것이었다. 숲속 깊이 도피해도 아무 소용 없었고, 귀찮은 사람들의 무리는 어디까지나 따라와서, 내 눈이 자연을 보지 못하게 감추어 버린다. 내가 겨우 자연의 온갖 매력을 되찾은 것은 사회적 관념으로부터 해방되어 그것이 수반하는 모든 비참한 관념에서 떠난 이후의 일이다.

그러한 비의지적(非意志的)인 최초의 충동을 억누를

수 없는 것을 명백하게 알게 된 나는 그런 노력을 일체 집어치웠다. 공격을 받을 때마다 나는 핏대를 세우고 노여움과 분격이 관능을 휘어잡게 내버려두며, 아무리 애써도 중지시킬 수도 없고 말릴 수도 없는 그 최초의 폭발을 자연에 맡겨 둔다. 나는 오직 그 폭발이 어떠한 결과도 낳기 전에 멈추도록 한다. 반짝이는 눈, 뜨거운 얼굴, 떨리는 손발, 숨막히는 듯한 고동, 모든 이러한 것들은 단순히 육체에 소속해 있는 것으로, 그때 비로소 이것저것 생각해 봐야 아무 소용 없다. 그래도 되는 대로 최초의 폭발을 시켜 놓고 나서 사람들은 조금씩 양식을 회복하고, 또다시 자기 자신의 지배자가 된다. 그것은 오랫동안 내가 해보려고 해도 도저히 성공하지 못했던 일이지만 지금은 훨씬 잘하고 있다. 그리고 나는 헛된 저항에 힘을 소비하기를 단념하고, 이성을 움직여 승리를 얻는 데 이르는 시기를 기다리기로 한다. 왜냐하면 이성에 귀를 기울일 수 있을 때에만 이성은 나에게 이야기해 주기 때문이다. 그러나 나는 무슨 말을 하고 있는 것일까. 아, 나의 이성! 그 승리를 이성의 명예로 만드는 것은 더욱 큰 잘못일 것이다. 그 이유는 이성이란 그것에 거의 관여하지 않기 때문이다. 만사는 변하기 쉬운 기질──심한 바람이 불면 흔들리고 바람이 자면 곧 가라앉는 그런 기질에서 온다. 나를 흔드는

것은 나의 과격한 천성이며, 나를 가라앉히는 것은 나
의 게으른 천성이다. 나는 현재 느끼고 있는 모든 충동
에 지고 있다. 모든 충격은 나에게 격렬한, 그러나 짧은
동안의 운동을 일으켜 준다. 충격이 완화되면 운동은
멈추고 나의 내부에 파급되어 그곳에 오래 머물러 있을
수 있는 것은 아무것도 없다. 천성적으로 이렇게 태어
난 사람에게는 운명이 던져 주는 어떠한 사건도, 사람
들의 온갖 간책도 거의 영향을 끼치지 못한다. 내게 영
속적인 고뇌를 느끼게 하려면 그 인상이 순간마다 갱신
되지 않으면 안 된다. 왜냐하면 아무리 짧은 동안의 중
단도 나에게 나의 인식을 도로 찾도록 하기에는 충분하
기 때문이다. 사람들이 나의 관능에 작용을 미칠 수 있
는 동안 나는 그들이 좋아할 대로 되어 있다. 그러나
틈이 생긴 최초의 순간에 나는 자연이 욕구한 대로의
것으로 돌아간다. 그것이야말로 사람들이 어떤 일을 시
험해 본다 해도 절대로 변하지 않는 나의 상태로서, 또
한 그것에 의해서만 운명의 장난에도 불구하고 행복한
것처럼 태어났다고 생각하고 있는 나는 바야흐로 그 행
복을 맛보고 있다. 나는 이 상태를 나의 몽상의 하나로
그려냈다. 그것은 실제로 나에게는 적합한 상태이므로,
지속적이기를 원하는 것 외에는 나에게 아무 소망도 없
으며, 그것이 흩어질까봐 나는 걱정스럽다. 사람들이

나에게 준 괴로움은 절대로 나의 마음을 다치지는 않는
다. 앞으로 그들이 나에게 끼칠지도 모르는 괴로움을
두려워하는 마음만이 나를 불안하게 할 수 있다. 그러
나 영원히 계속되는 감정으로서 나를 슬프게 할 수 있
는 새로운 영향을 그들이 갖지 않는다는 것은 확실하므
로, 나는 그들의 음모를 비웃고, 그들에게는 안된 일이
지만 나는 나 자신을 즐기고 있다.

제9의 산책

　행복은 하나의 불변하는 상태이므로, 그것은 이 세상에서는 사람을 위해서 만들어지지 않는 것처럼 느껴진다. 지상에서는 모든 것이 끊임없는 흐름 가운데 있으며, 그 흐름이 불변의 자태를 유지하도록 허용하는 것은 하나도 없다. 우리들 주위에 있는 모든 것은 변해가며 우리를 자신도 변해 간다. 그리고 오늘 사랑하고 있는 것을 내일도 사랑할 것인지 어떨지는 아무도 자신 있게 장담할 수 없다. 그러므로 이 세상 생활에서 행복을 바라는 우리들의 모든 계획은 환상에 지나지 않는다. 정신적 만족을 얻을 수 있다면 그것을 즐기는 게 좋을 것이다. 우리들의 과오로 그것을 놓치지 않도록 주의하자. 그러나 그것을 붙들어 매려는 것과 같은 계획은 세우지 말자. 왜냐하면 그런 계획은 정말 미친 짓이니까…… 나는 행복한 사람과는 거의 만난 적이 없다. 어쩌면 한 명도 없을지도 모르나 만족감을 가진 사람과는 여러번 만난 일이 있으며, 그것은 나에게 매우 인상적인 여러 가지 일 가운데 가장 나 자신을 만족시켜 주었다. 생각컨대 그것은 나의 내적 감정에 미치는

감각력의 자연스런 결과였다. 행복은 외관에 표적이 없
다. 그것을 알려면 행복한 사람의 심중을 알아채지 않
으면 안 된다. 그러나 만족감이라는 것은 눈이나 태도
나 어조, 걸음걸이 등에 의해서 알아챌 수 있다. 그것은
또한 그러한 모습을 보는 사람에게 전염되는 것이기도
한 모양이다. 무슨 경축일에 민중 모두가 환희에 도취
되어 있는 것을 보고, 모든 사람의 마음이 인생의 구름
사이에 빛나는 열락(悅樂)의 숭고한 빛에 비치는 걸 보
는 것보다 더 유쾌한 즐거움이 있을까?

 사흘 전 P씨가 전례 없이 서둘러 찾아와서, 달랑베
르 씨의 ≪조프랭 부인송(夫人頌)≫(原註:조프랭 씨의
처인 마리테레 즈로제(1699~1717)는 문학 살롱을 가
지고 있었다)을 나에게 보여 주었다. 그것을 읽어 들려
주기 전에 이 작품의 묘한 신어(新語)며, 익살맞은 말
의 유희(遊戲)──P씨 말에 의하면 그런 식의 표현이
수두룩하다고 한다.──이야기를 하며 오랫동안 폭소를
하고 있었다. 그는 마냥 웃으면서 읽기 시작했다. 그러
나 내가 진지한 표정으로 귀를 기울이고 있었으므로 그
는 조용해졌고, 그가 웃는 대로 따라 웃지 않는 나를
보고 마침내 그쪽도 웃는 것을 그쳤다. 이 작품에서 제
일 길고 제일 힘들게 씌어진 장은 조프랭 부인이 아이

들을 보는 일에, 또 아이들에게 이야기를 시키는 일에 기쁨을 느꼈다는 것을 서술하고 있는 부분이었다. 저자는 정당하게 그러한 성질은 선량한 천성의 표현이라고 말하고 있다. 그러나 저자는 그렇다는 것만으로는 만족하지 않으며, 부인과 같은 취미를 갖지 않은 자를 모두 성품이 사악한 사람으로 단정해 놓고, 교수대나 차형(車刑)의 형장으로 끌려가는 사람의 사정을 조사해 보면, 그들이 아이들을 귀여워하지 않았음을 누구나가 인정할 것이라는 데까지 언급하고 있다. 이러한 주장은 그것이 말해지고 있는 장소부터가 나에게는 기묘함을 느끼게 했다. 그것이 진실이라고 해도, 거기서 그런 말을 해도 괜찮을까, 또 존경할 만한 부인에게 바치는 찬사를 처형이라든가 악인 같은 것을 상상시키는 말에 의해서 더럽힐 필요가 있었을까? 나는 이 비열한 허위의 동기를 곧 알았다. 그래서 P씨가 읽는 것을 끝마치자 나는 그 찬사 가운데서 뛰어났다고 생각되었던 것을 지적한 다음, 그 찬사를 쓰고 있을 때의 저자는 우정보다는 오히려 증오를 느끼고 있었을 것이라고 덧붙여 말했다.

그 다음날 춥기는 하지만 날씨가 퍽 좋았으므로 나는 사관학교까지 산책하고 그곳에서 꽃이 핀 이끼를 찾고 싶었다. 거닐면서 나는 전날의 방문과 달랑베르 씨가

쓴 것 등을 생각했으나, 저 감목세공(嵌木細工)의 신비
는 아무 목적 없이 만들어진 게 아니라는 것을 충분히
알았다. 게다가 저 소책자를 내게——나에게는 무엇이
나 다 숨겨 두려고 하면서, 그런 나에게 그 책자를 보
낸 것을 생각해 보아도 무엇을 목적으로 한 것인지를
충분히 알 수 있었다. 나는 나의 아이들을 고아원에 보
냈다. 그것만으로 충분히 나는 자연에 거역한 아비로
취급되어, 사람들은 그 생각을 더욱 발전시켜 나가서
내가 아이들을 싫어한다는 명료한 결론을 서서히 끌어
낸 것이다. 그런 일련의 계단식 사고방식에 의하여, 약
은 사람이 얼마나 교묘하게 흰 것을 검은 것으로 바꾸
는 방법을 습득하고 있는가를 생각하고 나는 감탄하였
다. 왜냐하면 귀여운 아이들이 모여 노는 광경을 보고
나보다 더 좋아할 사람이 있으리라고는 생각되지 않기
때문이다. 나는 때때로 거리나 놀이터에서 발을 멈추고
그들의 장난이나 귀여운 유희를 바라보는 일이 있으나
그러한 관심을 함께 나누는 사람은 아무도 본 적이 없
다. P씨가 찾아온 그날도 그가 방문하기 한 시간 전에
나는 집 주인 수스아의 어린애들——형이 일곱 살쯤 된
두 명의 귀여운 아이들의 방문을 받았다. 그들은 와서
정성껏 나를 포옹하였고, 나도 다정하게 그들의 애무에
응했는데 나이차가 많은데도 그들은 나와 만난 것을 진

심으로 기뻐하는 것 같았고, 나도 그들이 늙은이의 모
습을 싫어하지 않은 것을 보고 퍽 기뻤다. 아우되는 아
이도 나를 찾아온 것을 퍽 기뻐하는 듯했으며 그들 이
상으로 앳된 나는 이미 그것만으로, 특히 그 아우되는
아기를 사랑스럽게 생각하며 애정에 끌리는 기분이었
다. 그리고 그들이 나가는 것을 배웅할 때는 마치 내
자식인 듯 서운했다.

아이들을 고아원으로 보냈다는 비난이 다소 과장되
어, 곧 무자비한 아비라는 비난, 아이를 싫어한다는 비
난으로 변해간 것은 나도 잘 안다. 그렇지만 아이들에
겐 천 배나 나쁜 운명, 다른 길을 취하면 아무리 해도
피하기 어려운 그 운명을 두려워한 것, 그것이 무엇보
다도 나로 하여금 그런 처사를 할 결심을 시켰다는 게
확실하다. 그들이 어떻게 되느냐의 문제에 좀더 무관심
하다면, 손수 키울 수 없는 나는 내가 처한 경우에서
그들 모친의 손으로 그애들을 기르게 내버려두었을 것
이고, 그 모친은 애들을 망쳐 놓았을 것이며, 가족들은
애들을 괴물로 만들었음에 틀림없다. 마호메트가 세이
드를 길러놓은 결과는 사람들이 내 자식들을 키워냈을
지도 모르는 것에 비하면 아무것도 아니었음에 틀림없
다. 그리고 그 후에도 아이들 일로 나에게 파놓은 함정
은 계획적임을 충분히 확증해 준다. 사실 당시 나는 그

렇게 잔인한 음모를 도저히 간파할 수가 없었다. 그러나 나는 아이들에게 가장 위험성 없는 양육법은 고아원에서 기르는 것이라고 판단하여 그곳에 그들을 보냈다. 지금이라도 나는 만일 그런 일을 하지 않으면 안 된다면 그때보다도 더욱 주저함 없이 그렇게 하겠지만, 또한 조금이라도 습관이 자연의 본능을 도와야 한다면 그들을 위해 착한 아비가 되었을 것이고, 세상의 어느 아비도 나처럼 친절한 아비는 못 되었을 것임에 틀림없다는 것을 충분히 느끼고 있다.

사람의 마음을 알게 됨으로써 어느 정도라도 내가 진보했다고 하면, 그 지식을 나에게 준 것은 아이들을 만나거나 그들을 바라보고 있을 때 항상 느낀 기쁨 때문이다. 그 동일한 기쁨은 젊었을 때에는 지식의 장애였다. 나는 아이들과 더불어 유쾌하게 그리고 진심으로 놀고 있었으므로 그들을 연구해 보려는 등의 생각은 해 본 적도 없었기 때문이다. 그러나 나이들고 나의 늙수그레한 얼굴이 아이들을 무섭게 한다는 것을 알고서, 나는 그들에게 귀찮은 존재가 되지 않도록 주의하고 그들의 기쁨을 방해할 바에야 나의 즐거움을 양보하는 편이 낫다고 생각하고 있었다. 그래서 그들의 유희나 모든 천진스런 모습을 보면서 마음을 위로하고 만족해하고 있던 나는 이 희생을 보상하는 것을 그러한 관찰에 의해서 얻을 수 있는 근본적이고 참된 자연적 충동——
그것에 관하여 우리들의 학자님들은 한 사람도 알지 못
하는 그와 같은 자연적 충동——에 관한 지식 가운데서
발견한 것이다. 그러한 탐구를 좋아하지 않으면 불가능
하리라고 생각될 정도로 상세하게 해온 증거를 나는 나
의 저술 가운데 써 두었다. 그러므로 ≪에로이즈≫나
≪에밀≫이 아이들을 좋아하지 않는 사람의 저작이라고
는 도저히 믿어지지 않을 것이다.

  나는 기지나 유창하게 말하는 재주를 결코 가져 보지
못했다. 그렇기도 하지만 불행이 찾아온 이후로 나의
혀와 머리는 더욱더 곤란을 겪게 되었다. 나에겐 관념
이나 적당한 말은 생각나지 않지만, 아이들에게 이야기
하는 말만큼 뚜렷한 분별과 옳은 표현의 선택을 요구하
는 것은 없다. 나를 더욱더 곤란하게 하는 것은, 곁에서
귀기울이고 있는 사람들이 주목하고 있는 것, 명확하게
아이들을 위해서 무엇을 쓴 사람으로서 그 입에서 나오
는 것은 모두 신탁(信託)과 같은 것으로 생각하고, 거
기에다 사람들은 여러 가지 해석이나 의미를 부여하는
일이다. 그런 심한 곤란과 내가 느끼는 부적당함은 나
를 불안하게 하며 당황하게도 하므로, 존귀한 아시아의
군왕 앞에 나가는 편이 어린이를 앞에 놓고 그에게 무
슨 이야기를 시키는 경우보다도 훨씬 편할 것 같다.

지금은 또 하나의 어색한 점이 나를 아이들 곁에 다가서지 못하게 한다. 나에게 불행이 닥친 이래, 나는 아이들을 만나면 역시 이전과 마찬가지로 기쁘지만, 이전과 같은 친밀감으로 그들을 대하지는 않았다. 아이들은 노인을 좋아하지 않는다. 노쇠해 가는 자연의 모습은 그들 눈에는 추하게 보이며, 그들의 혐오를 눈치채면 나는 서글퍼진다. 그들로 하여금 난처하게 하거나, 싫증을 느끼게 할 정도이면 오히려 나는 그들을 어루먼져 주는 걸 삼가는 편이 더 좋다. 이런 이유는 참으로 사람을 사랑하는 영혼에만 작용하는 것으로써 우리 남녀 학자님들 중의 단 한 사람도 아랑곳하지 않는 이야기다. 조프랭 부인은 자신만 즐거우면 아이들이야 어떻든 그다지 마음을 쓰지 않았다. 그러나 나에게는 그러한 즐거움은 즐거움이 되지 못한다. 차라리 더 나쁜 일이다. 함께 맛볼 수 없는 즐거움은 즐거움의 반대이다. 그리고 이미 나는 가련한 아이들의 심정과 함께 미소가 되어 나타나는 것을 보는 그러한 처지, 그러한 시대에 있는 것도 아니다. 만일 그런 일이 지금이라도 일어났다고 하면 그 즐거움은 더욱 희미해졌기 때문에, 한층 더 강하게 느껴질 뿐일 것이다. 그날 아침에 수스아의 애들을 안아주면서 느낀 기쁨에 의하여, 나는 그것을 충분히 경험할 수가 있었다. 아이들을 데리고 온 하녀는 별로 내 마음에 짐이 되지 않았고 그 앞에서 내가 말하는 것은 그다지 주의할 필요도 없다고 생각하였을 뿐만 아니라, 나를 찾아온 아이들의 기뻐하는 모습은 언제까지나 눈앞에서 사라지는 일이 없으며, 그들은 나와 함께 있는 것을 싫어하거나 지루해하는 것 같지도 않았다.

오! 진심에서 우러나는 순수한 애무를 할 때, 아주 잠시라도 아직 만날 수 있다면, 비록 상대가 나이 어린 아이라 할지라도 누군가의 눈에서 나와 함께 갖는 기쁨과 만족을 알아챌 수 있다면, 마음을 스치는 짧은 동안의, 그러나 기분 좋은 감정이 얼마만큼이나 불행과 괴로움을 위로해 줄 것인가. 아! 앞으로는 인간 사회에선 찾아볼 수 없는 친절한 눈초리를 동물 가운데에서 찾는 일을 구태여 하지 않게 될 것이다. 그런 것을 생각케 하는 자료가 얼마 되지 않는다 할지라도, 그런 것들은 언제까지나 그렇게 추억 속에 남아 있다. 다음에 말하는 하나의 예도, 전혀 다른 상태였다면 거의 잊어버렸을 것이지만, 그것이 나에게 준 강한 인상은 내가 어떤 비참한 상태에 놓여 있는가를 충분히 그려내고 있었다.

2년 전 누벨르 프랑스 쪽으로 산책을 나가 훨씬 멀리까지 발걸음을 옮긴 일이 있었다. 왼쪽으로 꼬부러들어 몽마르트르 언덕 근처를 걷고자 글리냥쿠르 마을을 지

나갔다. 나는 멍하니 몽상에 잠겨 주변을 보지 않고 거
닐고 있었다. 그때 나의 무릎은 붙잡는 것이 있었다.
대여섯 살된 남자아이가 내 무릎을 힘껏 껴안고, 매우
친밀하고 순한 표정으로 나를 올려다보고 있어 나는 깊
이 감동되었다. 마치 내 아이가 안겨든 기분이었다. 나
는 아이를 안아올려 다소 격정적인 키스를 여러번 해주
고는 또 거닐기 시작했다. 걷고 있는 동안 무엇인지 잃
어버린 것 같았다. 마음에 솟아오르는 어떤 욕구가 나
를 지금 걸어온 길로 되돌아가게 유인했다. 그 아이와
너무 빨리 헤어져 온 것을 나는 마음속으로 책망하였
다. 나는 그 아이의 행동의 명확한 원인은 모른다 해도,
영감(靈感)에 가까운 것을 느낀 것 같았고 그것을 가볍
게 보아 넘겨서는 안 된다고 생각했다. 마침내 유혹에
못 이겨 온 길을 되돌아가, 아이에게 다가가서 다시 한
번 안아주고, 때마침 지나가던 낭테르의 빵장수한테서
과자빵을 살 수 있는 돈을 아이에게 주었다. 그리고 아
이에게 아버지는 누구냐고 물었다. 아이는 통을 고치고
있는 남자를 손가락으로 가리켰다. 나는 아이를 그대로
놓아두고 그곳에 가서 이야기를 하려고 했다. 때마침
한 인상이 험악한 사람이 나를 앞질러 갔다. 나는 그가
사람들이 항상 나의 뒤를 쫓게 하고 있는 스파이의 한
사람이라는 생각이 들었다. 그 사나이가 통장수의 귀에

무엇인가 속삭이고 있는 동안 그의 눈은 주의 깊게 나를 보았으나 그 태도에 호의의 기미는 전혀 느낄 수 없었다. 순간 가슴이 죄어오고 되돌아온 때보다 더 빠른 걸음으로 나는 그들 곁을 떠났으나, 불쾌한 흥분으로 아까 기분은 완전히 깨어져 버렸다. 그래도 나는 그때 느낀 기분이 때때로 마음에 되살아나는 것을 느껴 그 뒤에도 몇 번인가 글리냥쿠르를 지나가다가 그 아이를 다시 만나고 싶었으나, 그 아이도 아버지도 만날 수 없었다. 그때의 해후에 대해서는 지금도 이따금 마음속까지 스며드는 모든 감동과 마찬가지로 늘 기쁨과 비애가 섞인 추억이 남아 있을 뿐이다.

모든 일에는 대가가 수반된다. 즐거움이 드물어지고 그것도 잠깐 동안의 일인 것과 동시에, 나는 즐거움을 맛볼 수 있을 때에는 그것을 자신에게 더욱 중요한 것으로써 보다 더 강하게 음미한다. 나는 그것을 때때로 추억하고 말하자면 되씹음으로써, 설령 즐거움이 희박해졌다 해도 그것이 순수하고 진정한 것이라면, 나는 필경 행복한 시대에 있어서보다 더욱 행복해질 수 있다. 심한 빈곤 속에 있는 사람은 극히 적은 것에 의해서도 풍부해질 수 있다. 1에퀴를 받은 거지의 기쁨은 황금의 지갑을 얻은 부자의 기쁨보다도 크다. 나를 감시하고 있는 박해자의 눈을 벗어나서 음미하는 그런 종

류의 가장 작은 즐거움이, 나의 영혼에 미치는 인상을
알고 사람들은 냉소할 것이다. 무엇보다도 기뻤던 일
중 하나는 4,5년 전에 있었던 일로 그것을 생각할 때마
다 나는 마음속까지 즐긴 그때를 회상하고 기쁨에 도취
해 버린다.

어느 일요일에 아내와 나는 마이요 문(門) 근처로 점
심 식사를 하러 갔다. 식사 후 부올로뉴 숲을 지나 라
뮤에트로 갔다. 그곳에서 나무 그늘 위에 앉아 날이 저
무는 것을 기다려서 슬슬 파시를 지나서 돌아가려하고
있었다. 그때 수녀로 보이는 선생에게 인솔된 20명쯤의
소녀들이 몰려와서 우리 곁에 앉기도 하고 놀기도 했
다. 소녀들이 놀고 있는 동안에 어떤 과자 장수가 북을
치며 회전반(回轉盤)을 가지고 손님을 찾으며 지나갔
다. 보니까 소녀들은 몹시 과자가 먹고 싶은 듯, 그 중
의 두서너 명은 얼마인지 용돈을 지니고 있는 모양이어
서 제비 뽑기를 할 수 있도록 선생에게 허가해 줄 것을
청하고 있었다. 선생이 주저하며 무엇이라 말하고 있는
동안에 나는 과자 장수를 불러서 "그 아이들에게 하나
씩 차례로 나눠 주시오, 모두 내가 지불할테니……" 하
고 말했다. 이 말이 소녀들에게 기쁨을 퍼뜨려 놓았는
데, 비록 그것만으로도 나는 지갑을 톡 털었지만 아깝
지 않았다.

소녀들이 앞을 다투어 모여들었기 때문에 약간 혼란한 것을 보고 나는 선생의 허락을 얻어 소녀들을 한쪽으로 서게 하여, 과자를 받은 애들은 한 명씩 저편으로 보내기로 했다. 전혀 허탕을 치는 일이 없고 당첨이 맞지 않은 소녀에게도 적어도 한 개씩의 과자가 차례로 가므로 한 아이도 불평할 일은 없지만, 소녀들의 기쁨을 더 크게 하기 위하여, 나는 비밀히 과자 장수에게 보통때 하던 것과는 반대로 가능한 한 당첨을 많이 하도록 해주면, 그것도 계산해 주겠다고 말했다. 이런 선견지명 덕분에 거의 백 개에 가까운 과자가 분배되었는데 소녀들은 한 번씩밖에 하지 않았다. 그 점에 있어서 나는 엄격해서 교활한 짓을 시키거나 편견 때문에 불평이 생기지 않도록 마음을 썼기 때문이다. 아내가 많이 뽑은 소녀는 친구들한테 나누어 주도록 권하자 분배는 모두 거의 같아져서 모두 다함께 즐거워했다.

나는 선생에게도 뽑으라고 말했는데 그 여자가 그런 나의 청을 경멸하고 받아 주지 않을까봐 내심 걱정스러웠다. 그러나 그 여자는 흔쾌하게 그것을 받아들여 생도들과 똑같이 뽑은 것을 꾸밈새 없이 받았다. 그것이 매우 흐뭇했다. 어떤 의미에서는 예의를 지킨 행동이라고도 할 수 있어서 내 마음에 썩 들었다. 그것은 거짓된 예의보다 훨씬 낫다고 생각한다. 그러는 동안 말다

툼이 일어나, 판단을 해달라고 온 소녀들이 차례차례 그 연유를 내 앞에서 진술했다. 그 기회에 나는 그 소녀들이 저마다 이쁜 소녀들은 아니었지만 개중에는 착한 소녀도 있다는 것을 알았다.

얼마 후 우리들은 서로 매우 만족해서 작별을 고했다. 그리고 이날 오후는 나의 일생에서 가장 큰 만족감을 가지고 회상할 수 있는 날이 되었다. 그리고 그 즐거움에는 대단한 비용도 들지 않았다. 기껏 30수의 돈으로 백 에퀴 이상에 상당하는 만족을 얻은 것이다. 그러니까 진정한 쾌락은 소비한 돈으로 셈이 되지 않으며, 기쁨은 금화보다도 동화(銅貨)에 인연이 깊다는 것은 정말 맞는 말이다. 나는 그 후에도 몇 번 같은 장소에 동일한 시간에 가보고, 다시 한 번 아이들의 무리를 만나기를 바랐으나 다시는 그런 기회를 갖지 못했다.

그것과 관련해서 또 한 가지, 거의 버금갈 정도로 즐거웠던 일을 기억한다. 그 추억은 더 오래전의 일이었다. 그것은 내가 부자나 문학자 사이에 끌려 들어가 때로는 그들의 저주받을 쾌락을 같이 하지 않으면 안 되었던 불행한 시절의 일이었다. 나는 집 주인의 잔칫날에 라 슈브레트로 갔다. 가족들이 모두 모여서 그날을 축하하기로 되어 있어, 여기저기 번쩍거리는 성대한 환락이 전개되어 유희·연주·연희·불꽃 모두가 풍요로

웠다. 사람들은 숨쉴 사이도 없이 즐겼다기보다 차라리
지쳐버렸다. 오찬 후 사람들은 거리에 나가서 바람을
쐬고 있었다. 그곳은 마치 시장과 같이 붐볐다. 그곳에
서 사람들은 춤을 췄다. 신사들은 닥치는 대로 마을 처
녀들과 춤을 췄지만 부인들은 위엄을 지켰다. 거기엔
과자빵을 파는 사람이 있었는데 함께 어울렸던 한 청년
신사가 그것을 사가지고 군중 속으로 연거푸 던졌다.
그리고 사람들은 농부들이 그것을 주우려고 그곳으로
밀려가 치고 떼밀고 하는 것을 보고 마냥 좋아하며 모
두들 그와 더불어 즐기려고 했다. 빵은 여기저기 흩어
지고, 젊은 남녀들은 뛰고 엎치고 덮쳐 상처를 입는 둥
혼란스러웠다. 광경이 신사숙녀에겐 퍽 재미있었던 모
양이다. 마음속으로는 그들처럼 즐기지 않았지만 가만
히 서 있는 것이 쑥스러워서 나도 다른 사람들이 하는
것처럼 했다. 그러나 얼마 후 사람들을 엎치고 덮치게
하기 위하여 주머니를 터는 것이 싫어져서 신사숙녀들
틈을 빠져나와 나는 혼자서 슬슬 시장 구경을 다녔다.
여러 가지 물건들이 오랫동안 내 눈을 즐겁게 해주었
다. 그러다가 바구니 속에 팔다 남은 초라한 사과를 한
무더기쯤 놓고 빨리 마저 팔아버리고 싶어하는 한 소녀
주위에 있는 대여섯 명의 사브와의 소년들이 눈에 띄었
다. 사브와의 소년들 편에서도 그 떨이를 사주고 싶었

겠지만, 그들의 전 재산을 합해야 겨우 두셋의 동전이 있을 뿐 그것 가지고는 사과를 사먹을 수 없었다. 바구니는 그들에게는 헤스페리에스의 동산이고 소녀는 그것을 지키고 있는 용의 격이었다. 이 희극이 오랫동안 나를 재미있게 해주었으나, 나는 이윽고 소녀에게 사과값을 치르고 그것을 소년들에게 나눠 주게 하여 희극의 막을 내렸다. 그때 나는 사람의 마음을 기쁘게 해주는 일 가운데서도 가장 기분 좋은 장면을 보았다. 천진난만한 연대(年代)와 결부된 환희에 대해서 느끼는 감정이 주위에 넘쳐흐르는 것을 목격했다. 왜냐하면 그곳에 있던 사람들도 그것을 보고 기쁨을 같이했기 때문이다. 그리고 나는 그처럼 정직한 일로 그 기쁨을 샀지만 그것이 자신의 행위의 결과라는 것을 생각하고 더욱 기뻤다.

그 즐거움을 먼저 버리고 온 즐거움과 비교해 보고, 나는 건전한 취미나 자연의 쾌락과 부유함이나 조소하는 기쁨이나 경멸에서 생겨나는 배타적 취미에 불과한 쾌락 사이에서 느껴지는 차이를 만족감을 가지고 음미하고 있었다. 왜냐하면 빈곤으로 천박해진 인간 무리가 되는대로 엎치고 덮쳐 짓밟히고 흙투성이가 된 과자빵을 서로 빼앗는 것을 보고 사람들은 무슨 즐거움을 맛볼 수 있단 말인가? 나로서는, 그 기회에 어떤 쾌락을

맛보는가 잘 생각해 보니까 그것은 선행을 베풀었다는
감정이 아니라, 오히려 사람들의 만족하는 얼굴을 본
기쁨에 의한 것임을 알았기 때문이다. 그런 정경은 나
의 마음속까지 스며들기는 하면서도 항상 감각적인 어
떤 매력을 준다. 내가 준 만족감을 눈으로 보지 않으면
비록 만족을 준 사실은 확실하다 해도 나의 즐거움은
반감한다. 더욱 그것은 나에게는 이해를 떠난 즐거움으
로서 자신이 그것에 관계했는지 안했는지는 아랑곳없
다. 예를 들면 경축일에 민중의 상쾌한 기분을 보는 기
쁨은 항상 나에게 인상적이었다. 하지만 그런 기대는
프랑스에서는 배반당했다. 프랑스 국민은 스스로 매우
쾌활한 민족이라고 자칭하고는 있지만, 그 쾌활함을 유
희로 나타내는 일은 거의 없기 때문이다. 이전에는 걸
핏하면 나는 변두리 술집 등에 가서, 신분이 낮은 사람
들이 춤을 추는 모습을 바라보았으나 그 춤은 실로 몰
취미한 것으로써 태도도 침울하고 거북스러워 즐거운
기분이 나기는커녕 오히려 슬퍼져서 그곳을 떠나버리곤
했다. 그러나 주네브나 스위스에서는 늘 익살맞은 심술
로 웃음이 발산하는 일은 없지만, 경축일에는 만족감과
쾌활한 기분에 가득차 있어 그곳에서는 가난한 자도 싫
은 표정을 짓지 않고 부유한 사람도 거만한 태도를 보
이지 않는다. 평화와 우애, 화목이 사람들의 마음을 이

끌어 미소짓게 하고 무심한 기쁨에 열중하여 서로 모르는 사람들끼리 팔꿈치를 맞대고 얼싸안고 함께 그날의 기쁨을 즐기려는 것까지도 때때로 볼 수 있다. 나 자신이 그런 기쁜 경축을 즐기기 위하여서는 거기 참가할 필요 없이 보고 있는 것만으로도 충분하다. 그것을 바라보며 나는 기쁨을 같이한다. 그리고 기쁨에 빛나는 많은 사람들의 얼굴 가운데, 나보다 더 즐거운 마음을 가진 사람은 없다는 것을 확신한다.

그것은 감각적 즐거움에 지나지 않는다고는 하지만 거기엔 확실히 도덕적인 원인이 있다. 그 증거로는 그런 환희의 표정이 간악한 사람들 얼굴에 나타나, 그것이 그들의 악의가 만족된 표시라고 알고 있을 때에는, 그와 같은 정경이 나를 기쁘고 즐겁게 해주기는커녕 고통과 분노로 가슴이 찢기는 것 같다. 무심한 기쁨, 표정만이 나의 마음을 기쁘게 해준다. 잔인한 사람을 조소하는 듯한 기쁨의 표정은 비록 그것이 나와 아무 관계 없어도 마음을 슬프게 하고 괴롭힌다. 그런 표정은 전혀 다른 원인에서 생기는 것으로서 물론 정확하게 같을 수는 없다. 그러나 어쨌든 그것들을 똑같이 환희의 표정이며, 그 사이의 감각적 차이는 그것들이 내 마음에 일으키는 감동의 차이와 정비례하지는 않는다. 괴로움이나 고통의 표정에 나는 더욱 감수성이 빠르다. 그 표

정이 나타내는 감동보다도 아마 더 심한 감동으로 나
스스로 흥분되지 않고는 보고 있을 수 없을 정도이다.
상상이 감각을 도와서 나를 괴롭히고 있는 자에게 동
화시켜 그 사람 자신이 느끼고 있는 것 이상의 고민을
느끼게 하는 일도 이따금 있다. 불만스러운 표정에도
나는 도저히 참을 수 없다. 그 불만이 내게 향해 있을
때는 더욱 그렇다. 어리석게도 기분 좋게 들어간 저택
같은 데서 그 주인들의 후대의 대가로서 늘 심부름꾼들
에게 매우 값비싼 희생을 지불했었는데 얼굴을 찡그리
고 곁에 붙어 있는 하인의 투덜대는 무뚝뚝한 태도가
얼마만큼의 돈을 나에게서 빼앗아 갔는지 모를 정도다.
감각에 호소해 오는 것, 그리고 기쁜 일이나 괴로운 일,
호의나 반감 등의 표정을 수반하는 것에서 특히 언제나
지나치게 강한 영향을 받는 나는 외계의 인상에 휩쓸려
버리므로 그것을 면하기 위해서는 그곳에서 도망쳐 나
가는 수밖에 달리 방법이 없다. 아무것도 아닌 표정·
몸짓, 모르는 사람의 일별(一瞥), 그것만으로 이미 나
는 즐거운 마음이 흩어지거나 고통이 가라앉기도 한다.
나는 나 혼자 있을 때에만 내 마음대로 된다. 혼자가
아니면 주위에 있는 모든 사람들에게 이리저리 마음을
희롱당한다.

  예전엔 나도 사람들과 어울려서 재미있게 살았다. 그

시절에는 사람들 눈에서 내가 볼 수 있었던 것은 호의
였거나 혹은 아무리 나빠도 모르는 사람들의 눈에서 볼
수 있었던 것은 무관심이었다. 그런데 오늘날에는 사람
들은 대중에게 내 얼굴을 가르쳐 주려 하고 있다. 아니
얼굴이라기보다는 차라리 내 성격을 잘못 가르쳐 주려
하기 때문에, 한 발자국이라도 거리에 발을 내디디면
나는 으레껏 가슴이 찢기는 것 같은 광경을 보게 된다.
걸음을 서둘러 한시라도 빨리 교외로 나가면 푸른 풀밭
을 보고서야 안심이 되어 비로소 숨을 쉰다. 내가 고독
을 사랑한다고 해서 놀랄 게 있을까? 나는 사람의 얼굴
에서 적의를 볼 뿐이지만 자연은 늘 나에게 미소를 짓
는다.

그래도 나는 내 얼굴을 모르는 사람들 가운데서라면,
아직 그들 가운데서 사는 기쁨을 느낀다. 그러나 그러
한 기쁨은 나에겐 거의 허락되지 않는다. 2, 3년 전까
지도 각 마을을 지나가며 아침에 농부들이 도리깨를 고
치고, 여자들이 문간에서 아이를 안고 있는 모양을 즐
겁게 바라보곤 했다. 그런 광경은 어쩐지 나의 마음에
감동을 주었다. 때로는 나도 모르게 서서 그런 선량한
사람들의 자질구레한 일을 보고 있노라면, 이유 모를
한숨이 나오는 것이었다. 그런 하잘것없는 즐거움을 맛
보고 있는 나의 모습을 누가 보았는지, 그리고 사람들

이 그러한 즐거움조차 나로부터 빼앗으려고 생각했는지 그것은 나도 모른다. 그렇지만 현재는 지나가면서 사람들 표정에서 볼 수 있는 변화나, 나를 흘깃흘깃 보는 눈치로 보아 누가 친절하게도 나를 무명의 인물로 만들어 주지 않은 것이 역력하다. 그와 같은 일은 앵발리드(상이군인 요양원)에서 더욱 노골적인 방법으로 일어났다. 그 훌륭한 건물은 늘 내 마음을 끌었다. 저 라케데모네스의 노인들처럼……

  우리들은 그 옛날에
  용감하고 대담한 젊은이들이었다.

고 말할 수 있는, 선량한 노인들의 무리를 만날 때마다 나는 늘 감격과 존경심을 갖지 않을 수 없다. 내가 좋아하는 산책로의 하나는 사관학교 주위였는데 그곳의 여기저기서 상이군인들을 만나는 것이 나는 반가웠다. 그들은 지난날의 독실한 군인 기질을 상실하지 않고 지나가면서 나에게 경례를 하는 것이었다. 나는 마음속으로 그 백 배의 답례를 하곤 했다. 나는 그 경례가 기뻐서 그것이 그들을 만나는 즐거움을 배가한다. 감동받는 것을 무엇 하나 숨겨두지 못하는 나는 이따금 상이군인들 이야기를 하고 그들과 만나는 것이 어떤 느낌을 일으키는가를 말했다. 그 이상의 것은 필요하지 않았다.
얼마 후 나는 내가 그들에게는 이제 미지의 사람이 아
니라는 것, 미지는커녕 오히려 그 이상의 존재임을 알
았다. 그들이 대중과 같은 눈을 가지고 나를 보게 되었
기 때문이다. 정중한 태도는 없어지고 경례도 하지 않
았다. 무뚝뚝한 표정, 성난 것 같은 눈초리가 처음의 친
절한 태도와 대조적이었다. 그들의 직업에서 풍기는 옛
부터 지니고 있는 솔직한 태도 때문에 다른 사람들처럼
적의를 냉소와 배신의 가면으로 감추는 따위의 짓은 하
지 않았으므로 그들은 그야말로 노골적으로 가장 격렬
한 증오를 나타낸다. 그래서 나는 그 분노를 뚜렷하게
표시하는 상대를 특히 존경해야 한다는 극도로 비참한
상태에까지 이르게 된 셈이다.

그때부터 나는 앵발리드 쪽으로 산책하는 것이 전처
럼 즐겁지 않았다. 그리고 그들에 대한 나의 감정은 나
에 대한 그들의 감정이 어떻든간에 변하지 않았으므로
한때는 조국을 지키는 사람들이었던 그들을 만나면 나
는 반드시 존경심과 관심이 일었다. 그러나 그들에게
나타내는 나의 정당한 태도를 정당하게 받아주지 않는
것은 실로 한심하다. 이따금 누군지 다른 사람들이 알
고 있는 바와 같은 것을 모르는 사람, 혹은 내 얼굴을
몰라서 아무 반감도 나타내지 않는 사람을 만난다. 단

그 한 사람에게서 받은 정중한 경례가 다른 사람들의
퉁명스러운 태도를 메워준다. 나는 다른 사람들의 일을
잊고 그 한 사람만을 생각한다. 그 사람은 나와 똑같은
영혼——증오가 들어갈 수 없는 영혼을 가지고 있는 사
람이라고 생각해 본다. 작년에도 나는 백조의 섬으로
산책을 가려고 강을 건널 때 그런 기쁨을 경험했다. 한
늙은 상이군인이 강을 건너기 위하여 배를 타고서 동행
을 기다리고 있었다. 나는 그 배에 올라타 사공에게 배
를 저어나가게 했다. 물결이 세어 도강에 많은 시간이
걸렸다. 나는 그 상이군인에게 말을 붙일 용기도 없었
다. 여느때와 마찬가지로 냉정하게 거절당할 우려가 있
었기 때문이다. 그러나 독실한 사람 같은 그의 태도에
나는 안도감을 느꼈다. 우리들은 이야기를 시작했다.
그는 분별심도 있고 품행도 단정한 사람 같으며 정답고
상냥한 말투에 나는 놀랍기도 하고 기쁘기도 했다. 나
는 일찍이 그와 같은 호의를 받은 적이 없었다. 그러나
그가 지방에서 아주 최근에 올라왔다는 말을 듣자 나의
놀라움과 기쁨은 사라졌다. 그는 아직 내 인상(人相)을
교시받지 못했고, 훈령도 받지 않았다는 것을 알았기
때문이다. 그래서 나는 내가 누구인지 모르는 것을 기
화로 잠깐 동안 한 인간과 이야기했으나, 그때 받은 화
기애애한 느낌에서 나는 아주 흔한 즐거움도 드물게밖

에 맛볼 수 없게 되면 그것이나마 얼마나 고마운가를 깨달았다. 배에서 내릴 때 그 사람은 얼마 들어 있지 않는 주머니에서 동전 두 개를 꺼내려 했다. 나는 배삯을 치르고 그 동전을 넣어두라고 하면서도 상대방의 기분을 상하게 하지나 않을까 겁이 났다. 그런데 그는 반대로 내 호의를 고마워하는 것 같았으며, 또 그 사람이 나보다 연장자였으므로 배에서 내릴 때 부축해 준 것을 흐뭇하게 생각하는 것 같았다. 그것이 좋아서 내가 어린애같이 울었다고 한다면 도대체 누가 믿어 줄까? 나는 그 사람한테 담배라도 사 피우라고 24수의 돈을 몹시 주고 싶었다. 그러나 도저히 줄 수 없었다. 내 손을 말리는 그러한 어색함이 종종 나의 선행을 방지했으나, 그것을 실행하면 그지없는 기쁨을 나에게 맛보게 해줄 것이 틀림없을 줄 알면서도 나로서는 한심스러운 겁 때문에 그것을 그만두는 것이다. 이번에는 그 나이 먹은 상이군인과 헤어지고 나서 나는 그런 짓을 하면 소위 성실한 거동의 고귀한 성격을 천하게 만들고 결백성을 더럽히는 금전적인 것을 그것에 섞는 것이 되어, 내 주의(主義)에 반대되는 행위를 하는 결과가 되었을 것이라고 생각하고 스스로 위로했다. 금전적으로 고생하고 있는 사람들을 도우려고 결심한 것은 좋다. 그러나 일상의 교제에 있어서는 자연히 생기는 호의와 상냥스런 태도에 만사를 일임해 버리고, 금전적이며 상업적인 무엇이 그처럼 맑게 솟아나는 샘물에 접근해서 그 물을 썩히고 변질시키지 않도록 하는 게 어떨까? 네덜란드에서는 사람들은 시간을 가르쳐 주거나 길을 가르쳐 주는 데 돈을 지불해야 한다. 그런 가장 간단한 의무까지 상업 대상으로 하는 국민은 실로 경멸할 만하다. 내가 알기에는 손님을 재우고 돈을 받는 것은 유럽뿐이다. 아시아에서는 어디서나 그냥 재워 준다. 거기서는 여러 가지 편의를 충분히 얻을 수 없다는 것을 알고 있다. "나는 사람으로서, 사람의 집에서 대접을 받고 있다. 나에게 밥을 먹게 해주는 것은 순수한 인간애의 발로이다."라고 말할 수 있는 것은 과연 하찮은 일일까? 마음이 육체보다도 충분히 환영받을 때 자질구레한 불만은 거뜬히 견뎌낼 수 있다.

제10의 산책

　오늘은 성지주일(聖枝主日)로 내가 바랑 부인을 만난 지 꼭 50년이 된다. 이 세기와 함께 탄생한 부인은 그 때 28세였고, 나는 아직 27세도 못 되어 겨우 형성되려던 기질을 스스로 의식하지 못했으나, 그 기질은 원래 활기에 넘치는 내 마음에 새로운 정열을 불어넣고 있었다. 쾌활하고 온순하고 정중하며, 생김새도 제법 아름다운 한 청년에 대해서 부인에게 친절한 마음이 생겼다 해도 별로 이상할 것이 없었다면, 재치와 우아함에 넘치는 매혹적인 부인이 나에게 감사하는 마음과 더불어 ·뚜렷하게 의식하지는 못했지만 감사 이상의 다정한 감정을 가졌다는 것은 더구나 의심할 여지가 없다. 그렇더라면 보통과 달랐던 것은 그 최초의 순간이 나의 일생을 결정해 버렸다는 것, 그리고 빠져나올 수 없는 연격(連擊)에 의해서 그 뒤의 내 운명을 결정지었다는 사실이다. 그때까지만 해도 육체가 가장 존귀한 능력을 발달시키지 못하고 있었던 나의 영혼은 아직 일정한 형태가 없었다. 나의 영혼은 그것이 부여될 때를 초조한 마음으로 기다리고 있었다. 그리고 그녀와 만나는 것에 의해서 빨라진 그 시기도, 역시 곧 오지는 않았다. 게다가 교육에 의해서 나에게 주어진 단순한 성품 때문에 나에게는 사랑과 순진한 마음에 깃드는 저 감미로운, 그러나 곧 지나가 버리는 상태가 오랫동안 지속되었다. 그녀는 나를 멀리했다. 모든 것이 나를 그 녀에게로 돌아가게 했고 나는 돌아가야만 했다. 재회는 나의 운명을 결정지었다. 그리고 저 사람을 내것으로 하기 훨씬 전부터 이미 나는 항상 그녀 내부에서 그녀를 위해서 살고 있었다. 아! 그녀가 내 마음을 만족시켜 준 것처럼 나도 그녀 마음을 만족시켰으면, 우리들 둘이 얼마나 평화스럽고 감미로운 나날을 보낼 수 있었을까! 우리들은 그런 나날을 지내기는 했다. 그러나 그것은 참으로 짧은 기간이었다. 곧 종막을 내리고 그 뒤엔 기막힌 운명이 다가오지 않았던가! 내 일생에서 혼합물도 없고 장해물도 없으며, 내가 완전히 나 자신이었던 단 한 번의 짧은 시절, 진실로 살았다고 말할 수 있는 그 시절의 일을 환희와 감동으로 회상하지 않을 수 없다.

파시아누스 황제(原註: 시밀리오 총독은 아드리앙 황제 시대에 총애를 잃었다.) 시대에 왕의 총애를 잃고 전원에 가서 유유히 생애를 끝마쳤다고 하는 그 총독과 마찬가지로 "나는 땅 위에서 70년을 지냈으나 살아 있었던 것은 7년에 불과하다."고 말할 수 있다. 이 짧으나 귀중한 기간이 없었으면 아마 나는 나라는 존재를 아직도 뚜렷하게 몰랐을 것이다. 왜냐하면 그 후의 내 생애는 약하고 저항할 힘도 없으며, 다른 사람들의 정열 때문에 몹시 괴로움 당하고 끌려다니고 주눅들어 있었다. 또 생활의 풍파에 시달려 거의 수동적인 입장에 서서 가혹한 필연의 무거운 짐을 쉴새없이 짊어지고, 나의 행동에서조차도 나에게 고유한 영역을 도저히 식별할 수 없었다. 그와는 반대로 그 짧은 세월 동안은 넘치는 듯한 친절과 다정한 마음을 가진 한 여성으로부터 사랑을 받고 있던 나는 하고 싶은 일을 하고, 되고 싶은 대로 되었고, 또한 한가한 시간의 이용법을 어기지 않고 그녀의 가르침과 모범적인 도움으로, 아직 소박하고 순진했던 나의 영혼에 더욱 적합한 형태를, 영원히 변하지 않은 형태를 갖출 수 있었다.

고독과 명상을 즐기는 경향이 마음에 싹트고, 밖으로 넘쳐나오는 부드러운 감정이 양식(良識)이 되었다. 싸움과 잡음은 그러한 감정을 내리 짓밟고 안일과 평화는 그것을 되살리고 고양시켜 준다.

나는 사랑하기 위해서 마음의 안정을 필요로 한다. 나는 마(마라는 뜻 바랭 부인)에게 시골에서 살기를 권했다. 계곡의 경사지에 있는 집이 우리의 은신처가 되었다. 그곳에서 나는 불과 4, 5년 동안에 1세기에 해당

되는 세월을 보냈으며 순수하고 충족된 행복을 누렸다.
그 매력에 가득찬 추억은 현재의 모든 무서운 장면을
감추어 준다. 나는 시골에서 살고 싶어했으며 그 소원
을 이루었고 구속에는 견딜 수 없었는데 그때는 완전히
자유로웠다. 아니, 자유로운 것보다 더 좋았다. 내가 애
착심을 느끼는 것에만 구속되어 있던 나는 오직 내가
하고 싶은 일만을 했기 때문이다. 나의 모든 시간은 애
정에 넘친 마음을 위해서, 또는 전원의 일 때문에 소비
되었다. 그런 화기애애한 상태가 계속되는 것 외에 나
는 아무것도 바라는 것이 없었다. 단 한 가지 두려움은
이 상태가 오래 가지 못하리라는 걱정이었으나 우리들
의 괴로운 위치에서 생긴 그 걱정은 전혀 근거 없는 것
은 아니었다.

그 후, 나는 그런 불안을 잊는 수단을 찾는 것과 동
시에 그 불안이 사실로서 나타날 날에 대비하는 방책을
세우고 싶었다. 나는 재능을 저축하는 것이 빈곤에 대
한 가장 확실한 구호의 길이라 생각하고, 세상에서 탁
월한 여성에게서 받은 원조를 가능하면 언젠가 보상할
수 있는 사람이 되기 위해 나의 여가를 이용하려고 결
심했다.

해 설

　장 자크 루소(Jean Jacques Rousseau)는 1712년 6월 21일(또는 28일)에 주네브에서 시계공의 아들로 태어났다. 1778년 7월 2일(또는 3일) 에르몽빌르(파리 북방 약 50여 킬로미터 떨어져 있는 우와즈 마을)에 있는 지라르댕 후작(Marquis de Girardin) 댁에서 파란 많은 일생을 마쳤다. 67년간의 생애는 실로 우여 곡절과 희비 중첩의 그것이었다. 그의 ≪참회록≫에서 우리는 그의 일생을 상세하게 엿볼 수 있겠지만 그는 생후 얼마 안 되어 모친을 여의었다. 16세(1728년)에 주네브를 떠나, 프랑스의 사브와 지방을 유랑하다가 문제의 바랭 부인(Louise Eléonore de Latour du pil, baronne de Warens, 1700~1762)을 만났다. 그 여인이야말로 루소의 청년기, 아니 일생에 중대한 영향을 끼친 사람이다. 도중에 바랭 부인과 별거, 유랑 생활을 계속하다가 다시 부인에게로 돌아가 1733년까지 행복한 가운데 음악·문학·자연 과학의 소양을 닦았지만 결국 부인과 헤어졌다.

1749년부터 논문·저작을 발간하기 시작했다. 1750년에는 ≪학문 및 예술론(Discours sur les sciences et les arts)≫으로 디종 시(市)의 아카데미상을 받으므로써 문명(文名)을 널리 떨쳤다. 희극도 몇 편 발표하고 평론도 쓰다가 1755년에 ≪인간 불평등 기원론(Discours sur l'origine et les Fondements de l'inégalité Parmi les hommes)≫를 출판하고 볼테르와 논쟁을 하고 연애소설을 출판하는 등 화려한 시대가 계속되었다. 그러다가 1762년에 그의 대표작의 하나인 ≪사회 계약론(Le contrat social)≫과 ≪에밀(Emile)≫이 출판되자 그에게 불운이 닥쳐왔다. 같은 해 6월 9일, 파리 고등 재판소에서 ≪에밀≫을 발매 금지 처분하고 저자에 대한 체포령을 내렸다. 주네브로 도망했으나 거기에서도 역시 주네브 국회는 ≪에밀≫을 금서(禁書)로 결의, 결국 루소는 프러시아령으로 도망, 누샤텔 총독의 보호를 받으며 살았다. 그러면서도 투지만만하여 세간의 빗발치는 공격에 대하여 일일이 반박문을 발표하면서 ≪참회록≫의 집필 준비를 했다. 1765년에 일단 파리로 돌아갔다가 다시 1766년에 영국에 갔다 와서 악보 베끼는 작업을 하면서 ≪참회록≫을 완성했다. 1772년에 ≪대화─루소는 장 자크를 심

판한다(Dialogue : Rousseau juge Jean-Jacques)
≫를 기고했다. 1776년에 ≪대화≫를 완성하고, ≪고
독한 산책자의 몽상(Les Kéveries du Promeneur
Solitaire)≫을 기고했는데 채 출판도 되기 전에 1778
년에 이 세상을 떠났다.

이와 같이 ≪고독한 산책자의 몽상≫은 루소의 최후
작품인 동시에 그의 56종의 최대 걸작들 중의 하나이
다. 이 번역의 텍스트로는 르네 루이 드와이엥 씨 편
(編)인 르플레 총서판(Collection 'REFLETS')에 의
거했다. 따라서 1782년 판의 재판에 속하기 때문에 당
시에 살아 있었던 사람들의 이름이라든가 직위 따위가
익명으로 되어 있는데 역자의 사정으로 다른 텍스트를
얻지 못하고 오직 르플레 총서판에만 의거하게 되어 실
명(實名) 등을 삽입할 수 없었던 것이 유감이다.

이 작품은 루소가 세상을 떠나기 2년 전에 씌어졌으
며, 어떤 의미에서는 ≪참회록≫의 부록이라고도 말할
수 있겠으나, 실상은 그의 내면적 기록이란 면에 있어
서 ≪참회록≫보다 오히려 더 비중이 큰 작품이라고 할
수 있다. 그가 노경에서 죽음을 앞두고 절실하게 '진리'
와 '평화'를 추구하고 있었다는 점에서 짐작될 수 있다.
물론 시종 그의 고착관념——적들의 박해, 세간의 오해
등——에서 벗어나지 못하고, 초조하게 자기 변명을 일

삼은 부분은 있다. 요약해서 말하면, 자기의 적에게서 자기를 방어하고 자기의 운명에 따르겠다는 집착이야말로 이 작품의 원동력이 되었으며, 게다가 자기의 심정이 정적 속에서 죽음을 기다리고 신에게 자기를 이해시키고, 과거의 가장 행복했던 시절을 다시 한번 살아 보겠다는 데서 그는 붓을 들게 되었던 것이다. 이 작품의 장르는 종전과는 달리 전적으로 새로우며 그의 선천적 재능에 더 한층 빛을 발하고 있다.

"최후로 겨우 나의 노력이 모두 헛수고임을 느끼고 고통에 고통을 더한 나머지, 나는 다만 하나 남아 있는 결심, 즉 이후에는 필연적으로 반항하여 싸울 것을 멈추고 자신의 운명에 달게 복종하겠다고 결심했다. 이 체관(諦觀) 속에 나는 일체의 자신의 불행의 보상을 발견하였다."고 하는 제1의 산책에 나오는 말이 가리키는 바와 같이 그는 다만 자기 속에서만 위안과 희망과 평온을 찾아낼 수 있는 심경에 도달하는 것이며, 그러한 심적 태도에서 씌어진 것이 이 ≪몽상≫이다.

10장에 걸친 그의 산책——그 중의 마지막 장은 미완(未完)의 것이라고 볼 수 있다.——은 대부분이 질서 없이 나날의 우발사라든가 명상의 분류(奔流)를 따른 것이어서 각 장마다 그 분석을 꾀한다는 것은 사실상 무리를 면하기 어려운 일이지만 다음에 각 장마다의 내용을 개관(槪觀)해 보기로 한다.

제1의 산책——이미 말한 바와 같이 《대화》에서 《몽상》에 이르는 자기 심경의 변화를 서술하고 이 작품을 집필함에 있어서의 정신 상태를 쓰고 있다.

제2의 산책——1776년 10월의 어느 날 그는 샤론까지 걸어서 식물 채집을 즐기면서, 또 자신의 과거를 상기하면서 귀로에 올랐으나 메니르 몽탕의 비탈길에서 사륜 마차에 치어 재난을 입었다. 집에 돌아왔을 때 아내가 외마디 소리를 지를 정도로 크게 다쳤으나 기적적으로 불구를 면했다. 그러나 이 전도(顚倒) 사건으로 그가 사망했다는 소문이 퍼졌는가 하면 그 유고(遺稿) 출판을 위해 예약금의 모집까지 개시되었다는 세평을 알고 놀란 바를 쓰고 있다.

제3의 산책——원래 자기가 무엇인가 배우고 싶어했던 것은 자기를 알기 위해서였다. 더구나 노경에 이르러 고독해진 자신이 여러 가지 지식을 배울 기분은 없고, 어떻게 해서 인생을 마칠까 하는 문제, 인내·순종·체념·염직(廉直)·공평 무사 따위의 소위 '덕'에 대하여 공부하고 싶다고 쓰고 있다.

제4의 산책——어느 사람에게서 보내어진 《진리를 위해서 생명을 바치는 사람에게》라는 책이 계기가 되어 거짓말에 대하여 반성하고 있으나 그의 마음을 괴롭

히는 것은 소년 시절에 리본을 훔치다 들켰을 때 요리
사 마리옹에게서 받았다고 말하여 벌을 그 소녀에게 전
가(轉嫁)시켰다. 그런 갑작스러운 경우에 처했을 때 누
누히 자기에게 무리하게 거짓말을 하게 한 것은 부끄러
움과 내성적인 기질 때문에 의지보다도 거짓말 쪽이 먼
저 나왔다고 서술하고 정의와 도덕상의 기질을 손상하
지 않도록 하겠다고 쓰고 있다.

제5의 산책──자기가 살았던 모든 곳 중에서 성 피
에르 섬만큼 행복하고 언제까지나 그리운 추억을 남겨
주는 곳은 없다고 말하고 이곳에 정착하지 못했던 것을
애석히 여기고 있다. 그리고 이 섬에서 완전히 자연과
친화할 수 있었던 몇몇 즐거움을 서술하고 있다.

제6의 산책──타인에게 선행을 하는 것은 자기의
즐거움이지만 타인이 이것을 구하게 되고 자기의 의무
가 되면 오히려 고통스럽다. 나면서부터의 자기의 자립
성은 인간의 공동생활을 위한 필수의 복굴을 불가능하
게 하고 있다고 하여 샹디에 식물 채집하러 가는 도상
(途上)에서 절음발이 소년의 구걸의 예를 들고 있다.

제7의 산책──약제에 이용하거나 책을 쓴다고 하는
실용을 떠나서 아무 생각 없이 자연의 품에 뛰어드는,
이를테면 그저 즐기기 위해서 식물학을 연구하는 것은
인간세상의 불쾌한 현실을 잊게 하고 자기의 정신을 쾌

적하게 만들어 준다고 서술하고, 그르노블의 식물 채집
에서 딸기를 먹은 추억 등을 쓰고 있다.

제8의 산책——제1의 산책에서 씌어진 바와 같은,
자기에게만 의뢰함으로써 박해가 시작된 직후의 범란상
태(犯亂狀態)를 극복해 가는 과정을 그리고 있다.

제9의 산책——어떤 사람이 루소에게 달랑베르가 쓴
《조프랭 부인송(夫人頌)》을 보여 주었으나 그 동기는
루소가 자기 아이들을 고아원에 넣은 것을 가지고 아이
들을 대단히 싫어한다고 비꼴 셈이었다. 이렇게 하여
루소는 자기의 아이들을 고아원에 넣은 이유를 설명하
고 자신은 아이들을 매우 좋아한다는 사실과, 나아가서
는 행복한 사람들을 보는 것이 큰 즐거움이라는 것을
산보 도중에 일어난 여러 가지 사건을 들어 변명하고
있다.

제10의 산책——그가 17세 때 처음으로 바랭 부인과
알게 되었을 즈음 짧았으나 매우 행복했던 당시의 그리
운 추억을 회고하고 이와 같은 상태를 연속시키기 위하
여 그가 베푼 노력을 쓰고 있으나 이 장은 얼마 가지
않아 도중에서 끊어져 있다.

필치와 사색이 자유롭고, 그 무엇에도 구애받지 않는
내면적인 성찰 때문에 이 작품이 높이 평가받는 것이

아닐까 생각된다.

또한 체계적이며 환상적인 정신의 소유자인 루소는 1750년부터 모든 결과에서 섭취한 이론——귀납적인——에 귀착하게 되었다. 즉 인간은 본성이 선하다지만 사회가 인간을 부패시키며 그 부패에서 벗어나자면, 가능한 한 인간들과 멀리 해야 된다는 것이다. 자연에 대한 강렬한 감정, 고독의 취미가 그것이다.

사회과학적인 면에서 볼 때 그의 이론——《사회 계약론》·《에밀》——은 1792년의 일부 개혁가들에게 정치적인 영향을 미친 것도 부인할 수 없거니와 그의 감성의 자연에 대한 사랑은 프랑스 낭만주의의 효시가 되었다는 것 또한 세상이 다 인정하는 바이다.

연　　보 〔*표는 당시의 주요 역사적 사실〕

1712년
6월 28일, 주네브에서 태어남. 아버지는 시계상, 어머니는 목
　사의 생질. 출생 후 곧 어머니를 잃음.

1713년
　* 디드로 태어남.

1715년
　* 프랑스왕 루이 14세 사망. 루이 15세 즉위.

1719년
　이 무렵부터 아버지와 소설·역사책을 읽음.
　*디포의 《로빈슨 크루소》 출판

1722년
　루소의 아버지 주네브를 떠남. 루소는 근교 보세의 목사 란
　벨쉐의 기숙생이 되어 1724년까지 그곳에서 머물게 됨.

1724년
　* 칸트 태어남.

1725년
　도금공의 제자가 됨
　* 스위프트 《걸리버 여행기》 출판.

1727년
　* 뉴턴 사망.

1728년
　주네브를 떠남. 샤바의 아느시에서 바랭 부인과 만남. 이탈
리아의 트리노에 가서 교호원에 들어가 신교를 버리고 가톨
릭으로 개종함. 트리노에서 귀족의 저택의 사환이 됨.

1729(~1732)년
　아느시의 바랭 부인에게로 돌아감. 신학교에 입학. 바랭 부
인과 이별하고 스위스의 각지를 방랑함. 샤바의 산베리에
있는 바랭 부인에게 다시 돌아감.
　* 아베 프레보의 ≪마농 레스코≫ 출판.

1733년
　바랭 부인과 산베리와 살메트에서 살다(루소가 말하는 가장
행복한 시절).
　* 볼테르의 ≪철학서간≫ (1734년) 출판.

1736년
　자기 교육을 굳히기 위해 살메트에 정착. 이 무렵 저술을
시작함.

1740년
　바랭 부인과 사이가 나빠져 리용에 가서 가정 교사가 됨.
　* 프리드리히 2세 즉위.

1742년
　파리에 나가서 과학 아카데미의 기부법에 관한 논문을 제
출. 디드로를 알게 됨.

1743년
  베네차 주재 프랑스 대사의 비서가 됨.

1744년
  대사와 다투고 파리로 돌아옴.

1745년
  하숙집 하녀 테레즈 르바르즈와 알게 됨.
  * 페스탈로치 태어남(1746년).

1748년
  * 몽테스퀴외의 ≪법의 정신≫ 출판.

1749년
  처녀 논문 〈학문 및 예술론〉을 씀.
  * 괴테 태어남.

1750년
  〈학문 및 예술론〉디종의 아카데미 현상 논문에 당선. 일약
  유명해짐. 자기 혁명을 결의함.

1751년
  디드로 달랑베르 등의 ≪백과사전≫ 발간.

1754년
  주네브로 돌아가 신교에 복귀. 주네브 시민권을 회복.

1755년
  ≪인간 불평등 기원론≫·≪정치 경제론≫을 출판.

1756년
에피네 부인의 영지 에르미타쥬로 옮기다. 백과사전파와 불화를 일으킴.

1757년
이 무렵 도우도드 부인과의 사랑이 이루어지지 않음. 에피네 부인과 절교. 에르미타쥬를 떠나 몬모란쉬에 거주. 소설 ≪신 에로이즈≫ 거의 완성.

1759년
* 볼테르의 ≪캉디드≫(이 소설은 루소를 향한 비난에 대한 회답이기도 하였다) 출판.

1761년
≪신 에로이즈≫ 출판. 출판과 동시에 세기의 베스트 셀러가 되어 1800년까지 72판을 거듭했다.

1762년
≪사회계약론≫·≪에밀≫ 출판. ≪에밀≫은 발행 금지됨. 체포령이 내렸기 때문에 국외로 도망. 스위스의 모치에에 거주.

1765년
마을 사람들의 박해를 받고 성 피에르 섬에 1개월간 체재.

1766년
흄과 영국에 건너갔으나 불화로 이듬해 프랑스로 돌아와 각지를 방랑. ≪참회록≫을 쓰기 시작함.

1768년

테레즈와 정식 결혼.
* 샤토브리앙 태어남.

1770년
파리로 돌아옴. 악보 필사로 생활함.
《참회록》 탈고.
* 베토벤 태어남.

1776년
《대화──루소는 장 자크를 재판한다》 완성. 《고독한 산책자의 몽상》을 쓰기 시작함.
* 미국의 독립선언.
* 아담 스미스의 《국부론》 출판.

1778년
5월. 엘무농비르의 지라르단 후작 집에 머물게 됨. 2년 전부터 집필 중인 《고독한 산책자의 몽상》을 미완으로 둔 채 7월 2일 급사(急死).
* 볼테르 죽음.

옮긴이 약력

서울대학교 문리과대학 불문과 졸업
파리 소르본 대학에서 1년간 불문학 연구
경희대학교 교수 역임

역   서
카뮈 ≪정의의 사람들≫
사강 ≪달이 가고 해가 가도≫
사르트르 ≪실존주의는 휴머니즘이다≫
카뮈 ≪謫地와 왕국≫ 공역
카뮈 ≪表裏≫ 공역
알베레스 ≪20세기의 지적 모험≫
사르트르 ≪구토≫
케셀 ≪해바라기 여인≫

고독한 산책자의 몽상 〈서문문고 003〉

개정판 발행 / 1998년 3월 10일
개정판 2쇄 / 2005년 4월 10일
옮긴이 / 방   곤
펴낸이 / 최 석 로
펴낸곳 / 서 문 당
주소 / 서울시 마포구 성산동 54-18호 동산빌딩 2층
전화 / 322—4916~8 팩스 / 322-9154
등록일자 / 2001. 1. 10
등록번호 / 제10-2093
창업일자 / 1968. 12. 24

ISBN 89-7243-203-6   ※ 잘못된 책은 바꾸어 드립니다

서문문고 목록

001~303

◆ 번호 1의 단위는 국학
◆ 번호 홀수는 명저
◆ 번호 짝수는 문학